FLORET

READING

小花阅读【曾许诺】系列05

雾满西楼

银丝卷 著

百花洲文艺出版社
BAIHUAZHOU LITERATURE AND ART PRESS

作者介绍

-银丝卷-

YINSIJUAN

小花阅读签约作者

一个偏爱理科的文科生。

热衷于各种未知的事情，宇宙相关的尤甚。

最大的梦想是拥有一台天文望远镜和一只不高冷的猫。

也希望有一天能住进深山老林，抱着猫，白天晒太阳，

晚上看星星。

目录

也许是天性使然，这性格估计改不掉了。

真要说起来，我对于写文，唯一的期望，大概也就是，能够让喜欢我的小伙伴们，在长大了、不喜欢我了之后，也不会为曾经喜欢过我而觉得羞耻和鄙视曾经的自己，觉得当年没眼光吧。

银丝卷

没有办法把它们都说出口来。我从前喜欢写日记，但偶尔翻翻，回想一下，也会闷的。而且也经常会有这种感觉，就是有那么一些事情，虽然说出来觉得羞耻，没办法讲出口来，但也真是想让人知道啊。很矛盾。

于是后来开始写故事。也是巧合，发现把它们编在故事里真是开心多了。只要有人看见，哪怕没有回应，也是一种安慰。

一直觉得，笔下的大家，他们有自己的世界，自己的想法，即便是我也插入不进去，只能尽力去爱他们。他们活在我熟知的世界里，我借着键盘把他们的故事敲出来，就像是为一些朋友，介绍着自己的另一些朋友。看着原本陌生的人，因为我变得熟悉起来，这种感觉实在很好，让人觉得非常满足。

既能分享脑洞，又能借机倾诉，还很有趣。

很多时候都觉得，真是没有比这更好的事情了。

说起来，熟识的人都知道我既没有志气又非常懒，学东西很慢，遇见什么也都爱说随遇而安。可能也就是这样吧，我对于写文，虽然有在认真努力，依然写得一般，希望不要嫌弃。

不过说起来，哪怕笔下十年一瞬，但在于自己，还是觉得一辈子很长，能一直写下去是最好，而写不下去……嗯，随遇而安呗。哈哈。

作者前言

ZUOZHE
QIANYAN

最近天气不错，是那种洗完头发不用吹干，披着不热、湿着不冷，刚刚好的温度。

前两天回家顺路买了张彩票，嗯，一如既往地没中奖。虽然从没中过，倒也一直蛮喜欢福利彩票这种存在的，中了造福自己，不中就献爱心，不管怎么，都挺好的。

嘿嘿，前两句话和前言想说的没什么关系，但想了半天不知道怎么写，敲出几句话删删改改，随口絮叨几句，凑个开头。

其实很多时候都有很多想说的话，碍于七七八八许多东西，

目录

WUMAN
XILOU

我住在离这里很远的一个地方，从小到大，我从未带人回去过。最初是因为没有这个意识，后来有了，却又找不到想要带回去的人。

不过，现在的话……如果你感兴趣，要不要我带你去看看？

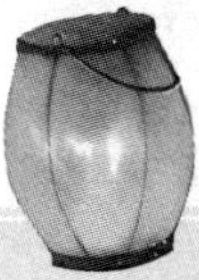

第一章

DIYIZHANG

毕竟，我可是魔君啊。

1.

浓浓夜色里，有谁执灯进入雾林。

那人一身红色长袍，脑后是被墨色发带松散束着的马尾，单从背影来看，当是个清瘦的公子。然而，也就是这个时候，不远处响起个声音——

“等等……你是要进这个林子？”

那人一停，略作迟疑，转过身来。昏黄的灯色映在她的脸上，她斜斜一睥，眼波如水，在这样的情境下，看起来仿佛话本里勾魂摄魄的鬼魅一般。这样昳丽的长相，不论再是如何打扮，也还是能够让人一眼辨出她的性别。

红袍女子看上去有几分孤傲、几分冷艳，却在樵夫愣住的时候轻轻笑笑，于是，一阵暖风拂来，消融了寒意。

“怎么了？”

樵夫很快回过神来，满是关切：“若你是要出这村子，可以从那个口子绕个路，这林子里是没有去处的，只能通到断崖……”

“断崖？”女子歪歪头，自语一般，“呀，没见过，我得去看看。”

话音落下，风沙忽起，那位好心樵夫一下子被眯了眼睛，赶忙闭上。可也就是这么一闭一睁的工夫，眼前的人已消失了。

“鬼，是鬼！鬼啊……”

雾林前，一个樵夫吓得哆哆嗦嗦，跑丢了刚砍来的柴火，慌得没命似的边摔边喊，直往村口奔去，像是身后有什么东西在追他。可是，他后边分明什么也没有，只除了林中谁落下的一盏灯。

在掉在地上的时候，烛火熄灭，悠悠烟气从灯口冒了出来，和着林中水雾，飘飘浮浮。

半晌过后，一切重归平静。

树叶顺风，被带落在了崖边，在它落下的那一刻，有人从上边直直踩了过去，红色衣角轻轻擦过，最后停在了悬崖树前的碎石边上。

蹲下身来，趴在崖边往下望，原先气质孤清的女子瞬间就变了脸。

"这便是断崖吗？没什么意思啊……"正说着，她忽然又瞥见了什么，"呀，有意思了。"

花兮摸着下巴，弯了唇角，直勾勾地盯着树窝里的两个鸟蛋。

"但是，这个和我前几天在那户人家里看见的，大小怎么不太一样？"她像是有些困惑，"不过，大的应该更好吃才是。"说完点点头，肯定了自己的想法似的，接着，她笑笑，轻一眨眼，便有幽光闪现。而那一闪过后，两个鸟蛋已经到了她的手里。

花兮一手一个，稍微握了握，那蛋上便冒出热气，再一敲开，竟是已经熟了。

她翻个身躺在地上，举着剥好的蛋看了一会儿，有些得意。

"呀！从前觉得这个招式没什么用，现在看来，还是很有必要练习的。"

花兮咧出小白牙，眼睛弯弯的，原本美艳得带着些傲气的一张脸，此时看上去竟然有些孩子气。几口吃完之后，她极其放松地伸了个懒腰，接着把两只手垫在脑后。

望着天，花兮餍足地舔了舔嘴角："果然大的更好吃啊！"刚刚说完，又摸了摸肚子，"可惜，就两个。"

现在是初春，街上刚刚融完雪，而崖顶向来比山下更加冷些，周边尚有薄雪未消。

花兮就这样躺在雪上，绯色的衣角被浸湿了一大片，成了深红色，贴在身上，久了，便在风里结出薄冰，单是看着就叫人觉得冷。

“接下来，去哪儿呢？”她念着，却并没有真的在想这个问题，只是撇撇嘴，往崖下看了一眼，“算了，先下去吧。”说完翻身跃起。

花兮闭着眼睛，径自跳下了断崖。

花兮从来都很懒，能坐着绝不站着，能躺着绝不坐着，而要从崖上下去，这是她能想到的最快路线了，简洁又方便。既然如此，又是在没有人的地方，她当然不会费心思走别的路。

却没有想到，在暗色的树林里，有一双眼睛，自她进入这里，便一直盯着她，起初是好奇，继而是疑惑，直到现在，变成了震惊。

在花兮跳下去的那一瞬间，有一个蓝白衣衫的少年从密林中跳了出来，站在崖边往下看。夜色里，一抹绯红映入他的眼睛，他却没有别的反应，只顾着自己蒙圈。

“就这么跳下去了？”

刚刚能化成人形的小精魅站在原地好半晌才终于回过神来，接着，顿悟似的得出结论。

“原来，人类也有这些功夫吗？”他抿了抿嘴唇，白玉一样的脸上透出一抹红晕，“那我是不是这样出去也没有问题？”

少年笑出两颗小虎牙，看上去极是可爱，他的瞳色很浅，眼睛里溢着微微的光亮，随着动作，似乎正在浅浅流动着。

说起来，他化成人形不过月余而已，只是，在他的意识尚未完全的时候，便已经对外界有了感知。而早在那个时候，他就已经对外界很好奇了，一直很想出去看看，却又因为灵识发育不完全，辨不清楚自己和外界的区别，怕露了馅搅出事端，一直怯怯没有出去。

直到今天，他看见那个女子的动作。

“如果外边的人也是这样，那么，我也不奇怪吧。”

他念着念着，像是看见了新奇事物的孩子，一下变得有些兴奋起来，接着右手捶了一下左手，做了什么决定似的——

“嗯，下山！”

2.

酒肆里，花兮背着人群坐在角落。她挽了袖子，拈起几颗花生粒丢进嘴里，耳朵和腮帮子都是一动一动的，边吃边听。

“我就说那魔教消停不了多久，你看，说什么甘于平和，这做的叫什么事？这叫平和吗？”大胡子干了一碗酒，随手一抹嘴，“也不知道当初盟主怎么就会信他们！呸！整个一个放虎归山！”

这番话如同火星，将将出口，便点燃了周遭人的情绪。

“可不是！要我说啊，这和魔字沾个边儿的能是什么好东西……信他们，呵，还不如信一头猪、一条狗来得可靠！”

“就是就是……”

花兮听着，原本饶有兴致的表情渐渐消淡，手上的动作也停了下来。她微微地侧过头去，原本别在耳后的发丝落了一缕下来，看上去有一种不落俗套的清媚，眼底却带着微微寒意。

“不过自古邪不胜正嘛！”那边还在说着，“对了，你知不知道，前几日玄玉门新收的那个小弟子？”

“哎，玄玉门小弟子？你说的是那个刚刚入门、年纪轻轻，却是一出手便把魔教右护法重伤了的弟子？”

“就是他！”先前讲话的人撇撇嘴，随口夸了句浅的，很快又另开话头说起来，“不过啊……喊，不是我吹，那小子我见过也探过，看不出有啥厉害的，这样讲起来，估计是那魔教的人啊，功夫都不咋样，要是那天我遇见的这一桩，这个风头也就轮不上他们玄玉门了……”

那个人越说，声音压得越低，讲得跟真的似的。

花兮听着，撇撇嘴，满满的都是不屑。

虽然因为之前他们谈到的什么魔教护法被重伤，让她对这些人口中所说的“玄玉门”没什么好感，可是，在听见那些带着酸味儿的话后，相比较而言，她对这些人啊，更没好感。

倘若他们对抗魔教是立场不同，那么嫉妒同一阵营的又是怎么回事？自己没本事，还说是人家的问题，这样的人……花兮摇摇头，从心底带了一声轻笑出口，真是让人看不上眼。

在场的到底都是练过的，哪怕没什么具体本事，但也摸爬滚打这么久，对动静最是敏感，而花兮又没有掩饰的意思，这一声出来，他们自然便都转向她了。

“嘿，那边的！”最先说话的大胡子直直转向她，“你笑什么？！”他的声音很大，带着质问的味道。

而花兮只是轻轻巧巧又拈了两颗花生米，理都不理，自顾自地吃着。

这个大胡子算是个稍微有些本事的，也是小团体中比较能说得上话的人。或许也是因为这样，他脾气向来不好，稍稍遇见点儿事就炸了，与他同行的人都了解他这个性格。是以，见到眼前情状，大家纷纷在心底猜测，这个人怕是要遭殃了。

不想，忽然有阵风吹过，激得许多人脖子一凉。

可那也只是一会儿，大家颤颤麻麻的劲儿过了之后，又发现，大胡子讲完这一句话，便再没有了动静。而原本嘈杂的酒肆里，一时间竟只剩下红袍女子嚼花生的声音。

"愣着做什么？"正是这时，花兮开口，很是自然地使唤，"给我添点儿酒。"

大家听着，每个人脸上都是一副莫名又摸不着头脑的神色，有几个年纪轻的甚至交头接耳起来。反而是大胡子先有了反应，却不是生气之类，而是满脸麻木地走过去，恭敬弯身。

"是。"

应完，他给女子斟上了酒。

当下，人群里边，大多都是惊讶的，却不是每个人都呆愣，尤其火气大的，例如和大胡子关系不错的一个汉子，在大胡子应下的当时就炸了。

"奶奶的！你这是什么妖法——"

众人只见他猛地一拍桌子，提了刀大喝一声就往那边冲过去！

然而，也就是在他提起脚步的同时，女子端起酒杯，杯中清酒溅出两滴，凝成冰状，直直冲他袭去！

随后，在那汉子被这东西击晕的同时，女子将杯中剩下的酒水一饮而尽，却在喝完以后吐吐舌头：“好辣。”

原本便不大的交谈声停了下来，众人面面相觑，一时间都不知道这是怎么回事，但却知道了另一件事——

这个女子，绝非常人。

在得到这个认知之后，周围霎时便没了声音，个个噤若寒蝉。

见此情形，女子放下杯子，极是满意般笑了一声，终于转过身来。

也就在她转过身，终于让全部的人看清楚她是何模样的时候，人群里有个年轻的剑客倒吸一口冷气。这样失态，却也没有人责怪他。毕竟，他们的反应也没淡定到哪里去，只是表现得没这么明显而已。

女子红袍红唇，墨发黑眸，妖艳非常，看上去，即便是叫人觉得危险，也还是移不开目光。

她带着的，是一种叫人惊艳的美。

可花兮自己却没有意识到，她只敲着桌子，进行着自己的思考。

她望着大胡子：“你刚刚说的那个，那个那个……”她想了一遭，“对！就是那个什么门的什么弟子，他长什么模样，如今又在哪里？”

大胡子答得老老实实：“那人一身蓝白衣衫，半束了头发在脑后，眼尾微挑，面皮生得极白极嫩，年纪极轻，看上去总像是有些木讷。现在，大抵随玄玉门歇在城郊西栈。剩下的，我便不知道了。”

花兮听着，又问一句：“他叫什么？”

“燕绥之。”

“唔，燕绥之。”花兮念着，稍稍笑开，敲桌子的手放重了一些。

随着她敲桌的声音落下，大胡子猛地惊醒。

显然，他是记得刚刚的事的，顷刻间气得发抖，连退几步，红着眼眶指着她——

“你……你……妖女！”

“妖女？”花兮眉尾一挑，“拿这称呼来唤我，那可是低了一等。”

她微仰了下巴，带着些张扬的味道，极是合衬她的气质。骤然间，一阵风刮过，大家下意识地眯了眼，而再睁开，人已不见，只是飘散的风里留下了句话。

女子语音含笑，话尾像是带着钩子。

她接着上一句话：“毕竟，我可是魔君啊！”

3.

近日里，江湖上关于魔教的传言越来越多了。

而其中被传得最广的一桩，也在一夜之后，由“魔教护法被玄玉门弟子重伤”，变成了“魔教新一任教主现身江湖”。原本吧，这魔教教主出来，也不算是什么事，毕竟他也不是没有出来过，可稀奇就稀奇在，那个教主，由“他”变成了“她”。

据说，现任教主是个美艳女子，眼神能勾魂，言语可摄魄，并且所用招式极其玄妙、极其深奥，没有人看得出来那是什么路数。

而既然看都看不出，就更不要提什么解决了。

其实在最初的时候，大家都是不大愿意相信那个红袍女子便是新一任魔教教主的，毕竟不论她看起来再怎么奇怪，做的事情再怎么叫人意外，也不能说明她就是魔教的人。更何况，哪有魔教教主在大庭广众之下，亲口承认自己是魔教教主的?

然而，在前几日的一件事情发生之后，却叫大家不能不信了——

那个女子，她掳走了玄玉门新入弟子燕绥之。

而燕绥之，正是重伤了魔教护法的少侠。

这样的手段，这样有仇必报、锱铢必较的性子，不是魔教，还能是谁?而能从玄玉门中独身而入，全身而退，这样的本事，不是魔教教主，又会是哪一个?

便是如此，事情过后，正道聚齐的速度越来越快，动作却缓了下来，用来商议对策的时间每日剧增，却没有一个能让人完全满意的……

这一日，正道的讨论结束，却又是一次不欢而散。缘由无他，只是那个新教主，怕是不简单，而这些寻常法子，想来，该是奈何不了她。

路过谈论着近日传言的茶摊，花兮在不远处站了一会儿，听完之后，若有所思，嗑着瓜子又离开了。她瞥一眼身边老老实实走着的少年：“你知道，他们说的是谁吗？”

少年看起来有些紧张：“你？”

“似乎是。”花兮嗑着瓜子，“那些人真是没见识，我都说了自己是魔君，他们竟还以为我是那什么魔教里的。虽然说挨着个字，我便觉得能算是本家，但这‘界’到底不一样，他们混淆了这个，我还是有些介意的。”花兮摇摇头，紧接着，又换了满脸疑惑，“不过，那个魔教到底是什么来头？”

她这一番话说得莫名其妙，实在是叫人听得迷糊，可少年竟真的顺着她的话思考了一下，这才回答：“不知道。”

花兮扯了扯绳子，随口道：“我也没指望你知道，就自己念念。对了，跟紧一点，别等会儿又说绳子磨得你手疼。”

在她的身后，少年被一根红绳捆着手，而红绳的另一头，被花兮松松系在自己的腰带上。如若不是这小道人少，怕是要引来许多人的关注，便如前几日，她刚刚绑上他的时候一样。

是啊，说起来，少年已经被这么绑着几天了。

从最初红着脸挣扎，到现在一副逆来顺受的绝望样儿，这样的转变，让花兮觉得很是满意，甚至打算再绑个几天就不玩了。她刚刚这么想着，转头看见少年眼底的委屈，忽然又打消了松开他的念头。

算了，还是继续绑着吧，挺好玩的。

花兮伸了个懒腰，忽然有些困。

自从到了人界自封灵识之后，她总是很容易疲累乏困。虽说来这里是想放松体验一番别样的生活，这些日子，也的确在这里边得到了一些乐趣，但这样不能自控的感觉，多多少少还是叫她有些不习惯。

她揉了揉眼睛，下意识地想要动用灵力辟出个休息的地方，却在挥手的瞬间又反应过来，这里不是魔界，而她不能被发现。

不能被发现，是指她不能被发现在人界用了灵力，毕竟这样容易引起道中的注意。然而，对于自己的身份，花兮却是觉得可说可不说，纯看心情而已。

反正，根据她的经验，即便她说了，也多是没有人相信的。

不过也是，平心而论，花兮觉得，倘若自己是人界的，忽然有一日，一个看起来举止怪异的姑娘对你说，她不是人，是异界来的，估计她也不信。因此，花兮虽是放肆随意，对她自己却没有什么影响，反而连累那个“魔教”无辜陷入了些传言。

花兮撇撇嘴，忽然有些不满，从前随心所欲的时候没有感觉，现在却发现，不能使用灵力，实在有些麻烦。

那些小招式还好，左右灵力波动不大，不会被人感觉到。就算被发现，也能用“武功”当个借口。反正人界这种东西好像很玄乎，层次也分得很多，哪怕要讲起来，只要她咬定自己是高手中的高手，谁又能反驳呢？便如那些武林人士眼中的她只是用了“奇功”，却并没有往别的地方想一般。

但这样凭空化物的招式，却是不能用的。

也因为不能用，花兮没有办法，只得打着呵欠拖着步子往前走。这样下来，连带着跟在她身边的燕绥之都被传染得有了困意了。

四处睥着，她又走了一段路，终于找到一处草垛。

在看见草垛的时候，花兮眼睛一亮，拽着燕绥之便往那里跑。

几步跳过去，花兮把自己往松软的草垛上一摔，顿时觉得整个人都舒坦了。然而，燕绥之却是被迫被拉到这儿来的，因为被那解不开的红绳扯住并被拽倒在花兮身边的时候，那雪白的脸蛋上登时粉了几分。

“你别挣扎了，没有用的，这条绳子这么容易便能解开的话，我也就白担着这个位置了。”

花兮闭着眼睛，看起来很是惬意。

“可，可是……”燕绥之虽然对人情世故没什么研究，却也隐隐觉得，他们这样睡在一起是不好的，“你把这绳子解开，我不跑，我在下边站着。我们这样是有违礼数的。”

讲来燕绥之进玄玉门的时间其实不久，奈何玄玉门最是重视繁文缛节，尤其是对他这个半路捡来的新弟子，短短几天就给他灌输了一大堆条框教案。而燕绥之记性极佳，不多久就背了个烂熟。

“礼数？都是什么乱七八糟的东西……”花兮的口齿有些含糊，俨然是入睡之际，没听进去的样子。

燕绥之面红耳赤：“就是，就是男女授受不亲，我们不能睡在一起的！”

“哦……”

花兮从鼻子里应了一声，然后哼出几个辨不清的音符，就这样睡了过去。只留下蓝白衣衫的少年坐在原地，叫醒她也不是，随着她睡了也不是，憋得原先白皙的脖颈都红了起来。

望着已经睡昏过去的花兮，燕绥之委屈巴巴地离她远了些，艰难地直起身子坐在草垛上，盯着红绳发起了呆。

却也就是在这个时候，夕阳与薄月出现在天空的两端，而在它们的正中间处，奇异般现出一颗星子。说是星子，也不准确，或许那只是个类似星子的光点——

那光点泛着幽幽蓝色，在它亮起的同时，附近山上的精气化为实体一点点朝它涌去。

不久，那颗幽蓝星子的颜色越来越浅，同时也越沉越低，它慢慢开始散发出白光，甚至笼住了附近的一小片天地——

最后，白光陡然缩成一指大的星点，猛地沉入燕绥之的灵台里。

在光色消失于燕绥之身上的同时，他闭眼，睁开，眸色微暗，终于不再是那副呆呆愣愣的神情。

分明是一样的五官、一般的轮廓，重新睁开眼睛之后的燕绥之却像是变了个人。

他随意挣了挣手上的红绳，红绳却将他越束越紧。燕绥之微不可察地皱了皱眉头，看起来有些不满，最终却只是摇了摇头，勾了唇角，往花兮那边望去。

“上一次我醒来的时候，你便绑着我了，而这一次我醒来，你竟还没有将它解开。”燕绥之凑近了她一些，“你到底，想绑我到什么时候？”

女子毫无知觉，大概是他凑得太近，呼在她面上的气息弄得她有些痒，于是挠了一下脸，嘟嘟囔囔说了几个含混不清的字。

燕绥之见状轻笑。

“也罢，左右我的意识也维持不了多久，现在还找不了你算账。”

说着“算账”两个字，他却实在不像是有什么不好的打算的样子，反而笑意愈发深了些，望着她的目光也愈发柔和。只是，与之相反，说出来的话却叫人觉得危险。

“等我掌控好了这具身体，你现在绑我的，将来，我可要绑回来。”

褪去那副呆愣的神情，此时的燕绥之微微低着头，散在脑后的那束墨发随着这个动作落下几缕到了他的颊边，竟真有了几分传说中精魅的惑人意味。

又或者，这才是他本身的模样。

第二章

DIERZHANG

我已经将你绑上了，这是记号，
你可不能自己摘下来。

1.

到底不是人界的，花兮的作息与常人并不一致。她没有固定的休息时间，自然也就不会有什么一定要睡多久才能够让精神恢复过来的说法。事实上，若这里是魔界，或者她没有自封住灵识，那么她都是用不着休息的。

喜欢坐着躺着赖着，究其根本，不过是因为懒而已。

便如现在，夜色里，草垛上原本熟睡着的她，陡然间，毫无预警地眨巴几下眼睛，直直望向燕绥之。

“你……你就醒了吗？”少年一副被吓到的模样。

花兮精神饱满地坐了起来，眯着眼睛伸了个懒腰，又顺着伸懒腰的动作躺了回去。

“嗯，睡饱了。”

从疲乏到沾上草垛就睡着，到现在亮着眼睛看星星，算一算，也不过就是从日暮到月亮刚出来的这么一小段时间而已。

“那我们今晚还要继续赶路吗？”

燕绥之其实感觉不到累和倦，只是他毕竟刚刚化为人形，这样接连着几天消耗能量，白天晚上不停地走着，还是会有些吃不消。不过，也正是因为这样，他身上的灵息缓得极淡，才没有让花兮察觉出他的真身。

花兮一只手晃着那红绳，另一只手腾了出来枕在脑下：“今晚？不想赶就不赶了呗，左右我也不着急。”

他们口中赶路的目的地在魔教总舵。

说来，也是花兮难得正义一次。

这几天，她尽听到江湖人士在讨论围剿魔教的事情，本来与她无关，可她表示，“魔”字很亲切，很有代入感，而这么多人说要讨伐它，总给她一种以多欺少的感觉。于是，一个激动之下，她便决定去找那个“魔教”所在地，想着去助他们一臂之力。

而燕绥之嘛……

顺手牵来的罢了。

起初她只是想看看人界里被人议论的所谓“高手”是什么模样，

不料，这么好骗，几句话就掳来了，而剩下那些察觉异样的人，更是没用，弄得她就算把人牵走也没什么成就感。不过，起初觉得没什么用，后来却发现，自己只身一人，偶尔无聊，身边有个小玩具也不错，至少逗着能解闷。

兴许是受条件所限，目前而言，燕绥之的灵智才开不久，多数时候，他的灵台都是混沌的。于是花兮所见到的他，永远是满脸纯良、愣愣怔怔，让人看了就想欺负的模样。

而关于他的另外一面，她毫不知情。

便如现在，花兮刚刚看见他松一口气，又想逗他。

直直望着燕绥之，花兮眼珠一转：“燕绥之，你多大了？”

“多大？”少年像是没弄明白她的意思。

“嗯，就是，你如今年岁几何？”

这个问题并不难回答，燕绥之却是纠结了许久，等到花兮都觉得不耐烦了，戳他一下，他才终于回答她。

却是一个不确定的回答，他说：“我……我不大记得……”

“罢了罢了，不管你记不记得，反正看你这样子，该是我孙子辈的没跑了。”花兮很快回应，摆摆手，又眯了眯眼，放缓了语速，“或者，还要更小一点儿。”

她拿捏着语气，正要再说什么，却不妨燕绥之听了一愣，继而一个没忍住便笑出来。

"你笑什么？"花兮有些恼。

少年的反应打破了她故意缓着语速说话，说完又略作沉默，尽心想要营造的氛围。本来她这么说，就是想显出些自己的沧桑感，套他个敬称，占点儿便宜，可他居然在听完之后笑出声了。按照她的预想，他分明应该愣怔许久，只知附和才对。

于是，花兮一下子坐起身来："喂，问你呢！你刚刚笑什么？"

少年的肤色极白，唇色稍浅，眼眸极清，眼尾微微向上挑着。这样的长相配合着他的气质，在没有表情的时候，看上去或许叫人觉得呆，可此时他侧过头去笑，又在花兮唤他的时候回过神来，眼波流转，带弯了唇角和眼睛，无端便加了几分魅惑。

虽然都是叫人移不开眼的气质，可这种"魅"，和花兮给人的感觉却不一样。

花兮偏于柔美，而燕绥之，却是带着些许邪气。

可自己当然是看不见自己模样的，燕绥之也不知道自己此时是什么样子，只是见着花兮一顿，发觉自己似乎是惹恼了她，于是强压下自己的笑意，努力恢复正常。

"没什么。"

花兮一脸不满："敷衍！没什么是什么？"

燕绥之虽然因为灵智没有那样充盈的缘故，看起来有些呆，可他也并不蠢，尤其是这时候，他看出来花兮的怒意，于是立刻调整了表情，做出一副诚恳的样子。

“我错了。”

哪怕脾气再大，但对着一个无辜水灵老实认错的小少年，那也绝对是发不出来的。花兮原本因为要占便宜没占到而堵在心口的那口气，也在这时候，莫名便化了。

只是到底面子上下不来，于是她哼了一声，背过身去，不再看他。

花兮或许不知道，燕绥之对她的印象，其实一直很好。

但要问起为什么，燕绥之怕是自己也说不清楚。不过，如果非要有个原因，仔细想来，大抵是因为，他刚刚化形之后，看见最清楚的一个人，就是她吧。是啊，虽是山中精气聚集而成，又居住在山间，但燕绥之在花兮之前，并不是没有见过人的。只是很可惜，在她之前，他从来没有看清过谁。

那座山下便是村子，住了一片村民，偶尔也有人上来打猎或捡柴，即便是孩子，白天也是偶尔会上来玩耍的。可当时的燕绥之只是初具意识，远不如现在清明，眼前也总似蒙着白霜，看见谁也都记不得。从过去，到现在，映入他眼底最深的，便是那一抹绯色。

真要追溯起来，他想下山、想离开，除了好奇之外，也许隐隐也有追寻的意思。

也正因如此，在下山被那个门派捡到、原本因为不通世故，只想老老实实跟着走的燕绥之，在看见花兮之后，毫不犹豫就放弃了最初的打算，转而跟上了她。

所以，他才会总同她说，即便她松了他，他也不会走。

这是真的，只可惜她不信。

毕竟，在花兮的眼里，他是被自己掳来的，当然只能绑着。

2.

过了好一会儿，燕绥之小心翼翼敲了花兮一下："你还在生气吗？"

花兮的头扭了一下，很明显是从摇头的动作改成了点头："嗯。"

"你在气什么？"

"我……"花兮噎了一下，"算了算了，都不是那个氛围了，和你说了也没用。"也不知道是不是魔界中人生来便带着恶趣味，且那份恶趣味只能成功，否则就憋屈，花兮顿了顿，"不行，我觉得，如果我不和你说，你应当是不会知道的，但我说了，你可能也不明白。所以，道理不重要，总之你记住，以后不管我说什么，你都得听着，在我准你开口之前，你最好都不要说话了，明白了吗？"

燕绥之下意识想回答，却在开口之前想到什么，硬生生憋住，只是点点头。

见状，花兮终于满意了些。

她笑吟吟地凑过去，拍了拍他的脸："乖。"

女子的唇色殷红如血，同她指甲的颜色一样，然而她的眼白处却泛着极清、极为通透的浅蓝色，像是不谙世事的稚子，看起来澄澈而天真。其实拿这两个词来形容花兮是很不合适的，可此时此刻，燕绥之就是想到了它们，也想到了许多东西。

那些种种，都是他有意识以来，所见过最美最好的事物。

而会想到它们，只是因为看见了她。

可是，为什么呢？为什么会想到这些？

燕绥之想着，在想到答案之前，心底猛地一惊——

她什么时候靠他这么近了？！

花兮顺着拍燕绥之脸的动作稍稍凑过去了些，原本只是随意的一个倾身，却不想，她刚刚碰到他，少年的脸唰地就红了，接着动作很大地转过了身去。然而，很不巧的是，此时的花兮前倾着身子，弧度有些大，手里还拽着那根红绳，又是在没有准备的情况下……

所以，她顺理成章便被他的动作带得往前一扑，正好落入一个怀抱。

花兮一蒙，没反应过来似的摸了两把，手掌下的心跳声有些重，重得让她觉得新奇，新奇到想再摸几把。只是很可惜，还没来得及把想法付诸实际行动，她就被人按住了手。

耳边传来的声音压得很低，害羞似的："别……别摸了。"

"哟？"花兮就着靠在他胸口的姿势抬起头，正望见低着一张烧红的脸与她对视的少年。

"为什么？"

没听懂意思似的，燕绥之回问："什么为什么？"

花兮眨眨眼，不答，只是顺势环住他的脖子，找了个舒服的姿势靠在他的怀里。

燕绥之蒙了一会儿，而花兮笑得玩味。

微风吹过，少年的脸却愈发红了起来，仿佛燃燃灭灭中，被拨弄着亮起的火星，随着它的光色燃起，周围的温度也升高了不少。

魔族的人，从来都喜欢玩乐，对于“害羞”这种情绪的感知也好像比其他族类更加迟缓。因此，即便燕绥之都已经紧张到握拳，花兮却仍是没有什么感觉的样子，相反地，玩心还更重了起来。

“你脸红什么呀？”花兮手臂稍稍用力，将他钩了下来，故意放软了声音唤他，“小燕燕、小绥绥、小之之？”

随着她的声音，燕绥之闭紧了眼睛，一副不堪受辱的样子。

“怎么，你不喜欢我这么叫你？”花兮似是苦恼，“那么，小宝贝、小甜心、小……唔！”

花兮正玩得开心，不妨眼前的人忽然扯住她的手，一个使力将她环着他脖子的手扣住，紧接着身子一翻，顺势将她压了下去。

这一连串的动作发生得很快，等到花兮回过神来的时候，她只觉得唇上一片柔软，双手与谁正是十指交扣，眼前是放大了数倍的一张脸。

燕绥之正在吻着她。

只是，须臾便又放开。

被人这样压在草垛上亲吻，对于花兮而言，还是生平第一次。

也正因为太过意外，此情此景，饶是她也不知道该怎么反应。

扣住她双手的人，像是终于从方才的情不自禁里反应过来，却是没有别的动作，只是撑起上身，瞪着一双小鹿似的眼睛，无辜又水灵地这么望着她。

这种气氛实在有些微妙，微妙得让花兮都有些混淆了……

刚才忽然压住她的，是燕绥之吧？如若不是，现在这个姿势是怎么回事？可如若是，他这副表情又该怎么解释？

“你……”燕绥之欲言又止，然而，过了许久也没能完整说出几个字，反而咬着嘴唇别过了头去。

他的嘴唇水亮，颜色还没有他的脸色红润，尤其是被咬住的地方，更是因为他的力道而有些发白。

轻咳两声，花兮侧过了视线，她想，心底忽然这样乱，或许是因为自己看得太仔细了。

“你脸红什么？”花兮也被这氛围熏得耳朵尖尖都发热，但看着眼前的小少年，又觉得不能丢了面子，只得色厉内荏，“你刚刚不说话，是不是我之前讲了不准你说？听着，我现在准你说话了！”

被她这么一吼，少年先是一愣，很快一个翻身坐直了身子，背对着花兮，嗫嚅半晌，好不容易憋出两个字——

“礼……礼数……”

“礼数？”花兮缓过神来，屈腿坐着，右手搭在膝盖上，左手撑着头，

“这时候想起来礼数了？之前倒是挺不管不顾的嘛，啧啧……”

燕绥之被她说得连背脊都发僵，却也只能怔怔坐着，一言不发。

然而，花兮到底是花兮，即便他已经窘迫到了这个地步，她还是不肯放过他，再加上已经从那份慌乱里走脱出来，她的脑子里顷刻闪过一个念头。于是眸色狡黠，她搭上他的肩膀，语尾放得有些飘忽，似能惑人。

“那么，按照你的礼数，对我做了这样的事情，你是不是也该负点儿责任？”

燕绥之背脊一颤：“应……应该的。”

“唔，那好。”花兮点点头，右手一挥，原先绑在燕绥之手上的红绳凭空消失，眨眼之后，又出现在了她的手心，“从今往后，你便和那什么玄玉门没有关系了，若再有人问起，你就说，你是我的人，除了我身边，你哪儿都不能去。明白了？”

于当下，或许只是戏言般随口的一句话，可后来回想，却多了几分奇妙的感觉。

那种感觉，总是让燕绥之觉得，这或许便叫“命定”。

或者换一种说法，倘若当真有“命中注定”这么一回事，要燕绥之为它做个描述，他大概只会说一句话——

从前，有一天，燕绥之遇见了花兮。

仅此而已。

“明白了？”

“明白了。”

花兮先是点点头，继而跳下草垛。

然而，她走了几步回过头，少年依然低着头站在原地，也不跟上来，也不趁机逃跑，被定住了似的。

她撇撇嘴，又走回去，停在他的面前。

兴许是离他有些近，花兮若要看他，需要稍微抬起头来。而在此之前，她从未发现，这个容易害羞的小少年，竟长得这样高。

“不行，区区三个字，还是不保险。”花兮这么说着，退远几步，若有所思般瞥了一眼手中的红绳。

“有了！”她眨眨眼，“你转过身去。”

燕绥之虽然疑惑，却也一句话没问，乖乖照做了。而在转身之后，他感觉到花兮拢着他的头发，像是在绑什么。

一小会儿后，她点了点他的肩膀：“转回来吧。”

燕绥之又顺着她的话回过身来。

“喏。”花兮的手上搭着的是红绳尾端的流苏。

它从他的发间垂下，一边垂到了腰际，而另外一边，被她执在手里。这种感觉很奇妙。燕绥之一直觉得红色很适合她，也下意识觉得，这个颜色好像只属于她。而此时，流苏与绳子，那和她衣袍同色的红，出现在了他的身上。

没有察觉到燕绥之的心思，花兮只是满意地挑了眉头："我已经将你绑上了，这是记号，你可不能自己摘下来。知道了吗？"

夜色下，背着光，花兮瞧不清楚燕绥之的神情，只能隐隐听见他话里的认真，却并不知道，那份认真是从哪里来的。

他说："嗯，我记住了，这是记号，我不会摘。"

"哎，不对，你洗头的时候还是可以摘的。"花兮忽然想起这一桩，很煞风景地补了一句。

而燕绥之依然是温顺的模样："嗯。"

从此以后，那根红绳，燕绥之说不会摘，除了洗头之外，就真的再没有摘过。

只是，此时，两个人都不知道，在人界，很多时候，"红绳"这种东西，是用来指代姻缘的。

3.

偏郊的客栈里，花兮坐在窗台上，伸出两条腿晃在窗外，整个人都懒懒散散的。

按理说，她不需要睡多久，可昨晚，她带着燕绥之找到这里，说想稍歇息一下。这一歇，就歇到了现在。

倒也不是觉得睡得太久浪费时间。毕竟，对于仙魔两界而言，时间是最没有用处的，他们的寿命很长，尤其是一族之主，生命更是长到无法估计。

她这般模样，只是觉得，自己被骗了，心很累。

是啊，被骗了。

“昨天不是说了，不会走的吗？”花兮一边晃着腿，一边喃喃自语，“这不还是走了，还是趁我睡觉的时候。”她叹口气，“虽然也没有别的什么用处，逗着玩也是好的啊。”叹着叹着，又转起了头，“还是说，我真的逗得太过了？”

花兮念着，停下了动作，但很快又恢复过来。

“不是吧，我也就是随便念了几句啊。”

她说着，再叹一声。

然而，看上去遗憾，但花兮也没有要去找他的意思。

“罢了罢了，再去掳个乖顺的吧。”她打个呵欠，手下意识揉了揉肚子，这才记起，今天似乎没有吃东西。

花兮眯着眼睛，在脑海中回忆起人界美食的同时，口水也多了起来。

虽然她不会饿，但吃还是要吃的。不然，既没有做些什么，又没有吃到什么，这人界岂不是白来了吗？

思及此，花兮感知了一下近处的美食所在，眯着眼睛就准备跳下去。却没有想到，她正要跳下窗台的时候，房门被谁推开，紧接着有脚步声急急逼近，她还没来得及转过头去，身后忽然出现了双手钳住她的腰身，硬生生截住她的动作，将她往后拉了回来。

花兮微顿，回头，满脸错愕。

在她身后，是一本正经、紧皱着眉的燕绥之。

与往常不同，此时的燕绥之看上去又急又气，手上的力度也很大，即便花兮下意识地想从他的怀里挣扎出来，他也不肯放开她。

还没顾得上对燕绥之的速度和力气表示惊讶，也忘记思考，为什么一个人类的瞬移能够超越她的感知，花兮忽然就这么被他一句话给问得失笑，接着，把应当注意的都给忘了。

是燕绥之着急忙慌地对她说：“你干吗总这样跳，为什么不能好好走路？就算再怎么有把握，但万一有个什么意外，摔着了怎么办？”

忽略了那个“总”字，花兮只是挑了眉头：“摔着？”

她像是听见了什么笑话，却也没有反驳，只是问他：“你怎么回来了？”

燕绥之答得理所应当：“给你买完吃食，我自然就回来了。”他说完，又歪歪头，“怎么了？”

买吃食？不是逃走吗？

花兮觉得奇怪，却没有过多计较。

大抵在这个时候，她只把燕绥之当作一件“东西”，被她掳来的“东西”。她知道这个人自己留不住，可前一日还得了承诺，今天就不见了人影，还是会有些挫败感的。

她并不晓得，燕绥之此时虽然迷糊一些、没有认识到自己的心情，却是在还没意识之前，对她便已是截然不同的认真态度了。只是很可惜，因为她不是真的在乎，自然也就感觉不到他的想法。

而燕绥之并不多言，只是这么看着她，即便她停了之前的动作也不松手。花兮虽然轻，但毕竟也是这样大的一个人，燕绥之抱着她，看似轻巧，却也不是一点儿不累的。可他就是不愿意放手，虽然他自己也不晓得是为什么。

这种感觉，就像前一日，他的那份“情不自禁”。

即便情不自禁俯身吻了她，即便他事后想到的所有理由都只是“一时冲动”，可那所谓的“冲动”后边，也还是夹着什么别的东西——那些他暂时读不出来的东西。

花兮很是认真地看了他一眼，却什么用作掩饰的情绪都没有看到，她“唔”了一下，没什么表示，只顺势靠上他的肩膀，有一下没一下顺着他脑后的发带。

“没怎么。”她赖在他的怀里，“吃的在哪儿？我很累了，懒得走，你抱我过去。”

失去了方才的气势，被她这么一赖，少年的脸又微微泛起了薄红色。今日再听见这句话，倒也没有反驳什么“礼数”之类，只是点点头，微一弯身便这么抱起了她，而花兮很是顺手地钩住他的脖子，动作熟练得像是做过许多次一样。

在被钩住脖子的时候，少年默了默。

敏感地察觉到他的情绪，花兮随口问道："怎么了？"

"那个。"燕绥之一顿，"你对每个人都是这样吗？"

"哪样？"

"就是，态度、说话，还有……就是这样。"

"哦。"花兮把他的意思了解了个大概，接着略作思考，"是吧，我们那儿的人都这样，习惯了。"

在说完这句话之后，花兮只觉得抱着自己的那个人，手上一紧，揽得她更加贴近了他一些。

她皱皱眉，很是不满："你勒着我了。"

少年抿着嘴唇不说话，手上的力道倒是放松了些。

"你干吗这副表情？"花兮在心底加上一句，都不像你了。

"没什么。"少年继续抿着嘴唇，说完之后，又重复一句，"没什么。"

"哦。"花兮应了一声，没怎么往心里去，只是继续舒舒服服靠在他的怀里，等着被送到美食所在地。

花兮总是这样，不论事情大小，都不爱多想。

尤其是现在，她对人世间一切事情的认定都只是"消遣"，便更加对谁都不想放进心里。所以，听见什么也不信，除却关乎她自身的事情之外，什么都激不起她的情绪。

就像之前，哪怕燕绥之说了不会离开，在感觉到他气息远去的那个当下，她依然认定他就是离开了。而认定了却没有想去找寻，只是想着再捞一个，也正是因为她对他不挂心。

很多人都说妖魔冷情，这句话不是没有道理的。然而，那些人或许不会知道，一个生来便冷着心肠、只知玩乐，但求痛快、不问未来的存在，他们一旦动情，会是什么样子。

又或许……

在真的遇见那个命定之人以前，连他们自己都不会知道。

第三章

DISANZHANG

又掳了一个小玩具，棒！

1.

从京属到达魔教总坛所在的大荒，这段路程并不短，可花兮也并不急着赶路，反倒是一边吃一边玩，快意得很。

这样的动作，看在燕绥之的眼里，总叫他觉得不解。

“想问就问吧，看你憋成什么样儿了，感觉都快抽搐了。”花兮啃着苹果，半趴在捡来的毛驴背上，看似随意闲散，眼睛却是一直盯着牵绳的燕绥之。

燕绥之闻言微顿，他转过头，鬓发被风带到唇边，又被他用手拂开。

“既然这样，那我便直接问了。”他微微皱了眉头，原本白嫩的面颊被风刮得有些干，“花兮姑娘，你是真的和魔教没有关系吗？”

其实不论她和魔教有没有关系，对于燕绥之而言，都应当是不重要的。因为，他并没有立场去问她管她，从某种意义上来说，他们不过是勉强聚在一起的两个陌生人，她的什么都不关他的事。

可也不知道是怎么回事，自从上一次他情不自禁靠近了她，落下一个吻之后，他便再也没有办法将自己的目光从她身上移开，相反地，会不自觉关心起她来。

这样的感觉很奇妙，以他如今的经历和认知，也很难讲个原因出来。

但不论讲得出还是讲不出，它都发生了。

而他再也无法控制住自己不去看她。

面对燕绥之的疑惑，花兮略作沉吟，不答反问：“哦，怎么了？”

虽然这么问着，但她的心底其实有个大概的猜测。

花兮心想，燕绥之是正道弟子，还是那什么玄玉门下的，虽然她不清楚玄玉门是个怎样的存在，可从外边的传言里，花兮推断，那应当是个了不起的地方。否则，它也不会被称为正道之首。

而燕绥之，即便表面呆萌，可这几日，她有心试探，所探所得，皆是让她震惊。

区区人类，竟然能有这样的能力，实在是无法不叫人惊讶的。再加上，她记得，传言说他之前重伤过魔教护法，这样讲来，燕绥之当是个受器重的少年侠士。虽然他单纯迂腐了些，被她拐到了身边，可拐来的到底是拐来的，要说什么心悦诚服，连她自己都不信。

说到底，他会这样留在她的身边，也许除了她的坑拐之外，也有他自己的关系吧。

花兮觉得，他大抵也在暗中监视着她。

“没什么，只是这两天相处下来，觉得如果你同那个魔教是没有关系的，应当不会对它这样上心。”

花兮似是不解：“我对它很上心？”

“也不能这样说。”燕绥之低了低头，一板一眼道，“若是依照寻常人来看，这种程度并不能算是上心，但花兮姑娘对其他东西都好像不感兴趣，却唯独对魔教……这样一比，便当得上了。”

“唔，这样啊。”花兮移开了视线，半合着眼睛。

对于魔教，要论关心什么的，她自认为，还真是算不上。她从头到尾，除了那沾着个字的亲近感之外，便只是觉得，出来玩却没个目的和去处，这样瞎逛，很没意思，所以给自己找个节点罢了。

这个“点”，碰上了魔教这一桩事情，于是便成了它，不是它的话，也可能是别的。

只是这东西没必要和燕绥之说得那么清楚而已。

见花兮闭上了眼睛，睡着了似的，燕绥之也咽下之前的疑问，不再说话。

倒不是什么紧要事情，可他就是很想问她，很想知道。又或者说，关于花兮的一切，他都很想知道。哪怕心知没有必要、哪怕也晓得这是不关自己事的，也还是想知道。而他唯一没想过的，是自己为什么会对她有这么强烈的好奇心而已。

可就算这样想知道，在她不答的时候，他也还是按捺住，没有追问。在她迷迷糊糊睡过去的现下，他也只是望她一眼，把那毛驴又牵稳了一些，慢慢悠悠走过陌上。

不着急，还有时间，以后再问也可以。燕绥之想着，忍不住又望了她一眼。

2.

燕绥之牵着毛驴又走了一段路，这时，天色忽然变得阴沉，周遭起了些风沙，草木轻晃，而被风携来的，是淡淡血腥气。在血味飘至身前的时候，花兮懒懒睁开眼睛，朝着一个方向望去。

“咦，躲在那儿做什么？”她嘟囔着，打了个呵欠，与燕绥之指了指某处杂草后边，“你看啊，倘若你日后受了什么伤，切记不可学那个人。”她说得轻轻巧巧，却是意有所指，“伤得这样重，还隐在水坑里，带着杀气想攻击我们。却不晓得，自己生魂的味道都跟着精血散出来了，再不就医，怕就要死了。”

随着她的话音落下，那原本静若无人的杂草堆里忽然现出一个身影，携着长剑凛凛直刺向他们。

能在重伤之际使出这样快又这样绝的一个杀招，那个人，无疑是很厉害的。

只可惜，再厉害也是人。

花兮勾唇，出手，有浅浅微光在她指尖闪现，而她就那么一弹，微光带着细闪落在了那人额间，如同触着热度的雪片，须臾便融成一团雾气。那雾气渐浓，将来者整个人都包裹起来。却没想到，那人被团在白雾里，却仍是不惊不慌朝着前方刺去，目光笃定，眼神冰寒。

“铮——”

却没想到，长剑所触，竟非血肉，而是被挡在了一面镜子前。

那人露出些许惊讶，还没想出对应的招式，就看见镜子后面探出的一张笑脸。

是红袍女子歪着头对他眨眼：“你好呀，我叫花兮。”

眼前之人笑得眉眼弯弯，露出一口小白牙，满脸天真。

却也就是这副神情，成功将持剑男子怄出了一口血。

行走江湖十数年，每逢出手必见红，除非绝顶高手，否则，寻常人看见他，真是没有不躲的。说来，这是迟玖第一次看见自己长剑所向之处，那人安好无恙，还和他打招呼。

这番景象在脑中经过几番对比，再看起来，着实叫人觉得憋屈。是以，他原先在心里惊叹的那声“好快的反应”，很快被这一口气堵下去了。

可他不晓得，比起这个，更加憋屈的，还在后边。

那雾气聚集不散，笼得他眼前模糊，连带着脑子也变得迟钝起来。紧接着，没多久，他膝下一软，就这么跌倒下去，而在闭眼之前，他听见耳畔响起一个欢快的声音——

“又掳了一个小玩具，棒！”

玩具？

还没来得及反驳，在此之后，迟玖忽地眼前一黑，接着，便再不知道什么了。

迟玖看不清花兮是什么神态，辨不明自己的处境安危，也自然没有注意到燕绥之忽然变白的脸色和他手背上突起的青筋。

3.

迟玖这个名字，不论在哪里提起，只要是在江湖上待过的，便不可能没有听过。

最年轻的魔教护法，最恶劣的异派之徒，为人阴狠毒辣，黑衣散发，眉目凛然，常年持剑游离于外，蛮不讲理，见着不顺眼的事情必然动手，而每一次出招，必会见血。这是所有人对“迟玖”这个名字的印象。

这样的形象，比起活生生的人，更像是传说中恶鬼的模板。但套在迟玖身上，却没有人对此产生过什么怀疑。

本来也是，不论在谁的眼中，魔教之人，都该是这副模样的。更何况他并不是普通教徒，而是护法，有史以来，魔教里边武力最高的护法。

这样的人，势必杀人不眨眼，也绝对是个魔头。

虽说第一次听见这些言语的时候，连迟玖自己都有些惊讶。

说什么魔教异类，但他们其实什么都没做过，传言也大多都是夸大其词的。这样的话，他怎么就变成这样十恶不赦的人了？为此，迟玖还遭到过同教的打趣，但他也只是略微惊讶，没挂心，也没什么想要辩解的。立场不同，这种东西，说了也没用。

也多亏了这样的传言，出门在外，一般没什么人会来招惹他，却除了前几日在悬峡，他因为一些误会，在被正道追逐的时候。

当时的他，因为不想多惹麻烦，并未还手，却因此被逼至一处峡谷里边。在那里，迟玖遇见一个少年，蓝白衣衫，年纪尚轻，不论是探查气息还是看他神情，都不像是武林中人。

迟玖对少年放心，然而，少年嘴上说着帮他，却在被那些人追上之际，趁他不备，当着所有人的面，反手一掌将他打下峡谷。而少年也因此成了武林中新一代少侠。

这样卑鄙的手段，真是叫人不齿啊！如果是他这么做，一定又要被扣帽子。然而，少年却是被捧上了天。

啧啧啧，这样的差别待遇，真是叫人不知道该说什么。

迟玖便是这样受重伤的。

也是这般，他才会在看见燕绥之的时候，下意识地掩住气息，伏身水洼，伺机偷袭。

却不想，翻车翻得这样严重。

从浑浑噩噩的梦境中醒来，迟玖再次恢复意识，是在听见一声轻笑的时候。

“哟哟哟，小燕燕你这样可不乖呢。”女子的声音轻快，“怎么，为什么这么不想让他留下？因为你当时重伤了他，怕他报复？”

燕绥之闷闷地回应：“我不是故意重伤他，我是真的想帮他的，当时我看那么多人追他，也只有那条路能走……而且，从断崖跳下去都没有事情的话，为什么他从峡谷跳下去会有问题呢？高度明明差不多的。”

他像是不服气：“再说，他为什么不能走？他已经好了不是吗？”

燕绥之的声音很低，迟玖又刚刚恢复意识，内力也不充盈，自然是听不清楚。可就算听不清，也不妨碍他对此进行判断。

他略作思索，却是许多东西都模糊了，只记得自己在醒来之前，还是伤得很重的，说是命悬一线也毫不夸张。而现在睁开眼睛，他已经能够感觉到丹田内团起的内力了。

即便不记得具体过程，迟玖却也能猜到，是那个女子救了他。

立场不论。那个女子，他虽然还不认识，但讲起来，在这样的时候能够出手相助，那便是对他有恩。

而再听他们讲话……

迟玖咬牙，那个燕绥之，这是又要给他使绊子吗？

燕绥之说的那些话，迟玖听不清，花兮却是听了个分明。

只是，听清了，却没有想起什么。

她皱皱眉："你在说什么？"

少年自觉失言，也不重复，只是别过头去："没什么，这里边可能是有些误会。"

花兮还没有从他的这句话里走出来，又听见他补充："但那件事情之后，我至少知道了随便从高处往下跳是很危险的事情，就算你武功再怎么好，也不能走那样的路啊！你……你好像很喜欢走这种路。"

现在的孩子，思路都这么难跟上吗？

花兮摇摇头："不要转移话题。我问你，你为什么想要偷偷把他送走？"她的声音瞬间低了几度，"从前我或许没有和你说过，我很讨厌自己做的决定和计划被别人打乱，哪怕只是一时的心血来潮。除非我自己放弃了，否则，谁也不能来评判些什么，这实在叫人很不开心。"她悠悠道，"更遑论，是被人插手。"

即便面上再怎么随和怠惰、好打交道，可花兮到底是魔君。所谓魔君，便是魔界君主，而既然是一界之主，再怎么不靠谱，也是有些能力、有些脾气的。

听见这句话后，燕绥之咬着牙低下头："可你已经有我了。"

"哦？"花兮似是莫名，想了想，大概理解了他的意思，"要按照这个说法，在你之前，我还有很多人。我的手下，人数多得数不清楚。这又要怎么算呢？”

没有想到她会这样回答，燕绥之一愣。

4.

室内一时静谧，没有人说话，没有人动作，空气也莫名沉得可以掐出水似的，让人呼吸都不顺畅。

燕绥之抬眸，盯了她许久，过了好半晌才开口：“可……”

“咳咳……”

便是这时，迟玖终于忍不住，压抑着轻咳起来。

花兮闻声，衣摆轻摇间，人已出现在了榻边。她自上而下睥着他，殷红的唇一张一合：“醒了？”

在偷袭的时候，迟玖因为身负重伤的缘故，神志恍惚，再加上被白雾包裹着，眼前一片模糊，所以并没有看清楚红袍女子的长相。甚至，在远远看着的时候，他见她着装，还以为是个男子。

此时忽然看清，不免微怔。

江湖之上，武艺高绝的人不是没有，但女子总是很少的，也正因如此，但凡出现那么一个两个，不说声名远播，却也绝不会没有人知道。更何况，还是这样长相的女子。

迟玖下意识抿了抿唇。他想起自己在外养伤时听过的那些传言，最初没有联系起来，现在再看，那些传言说的或许就是她了。原以为是夸大其词，倒是没有想到，这个女子竟真生得同她的功夫一样俊，也同她的招式一样妖异。

习武之人难免对于同道高手惺惺相惜，便如迟玖，即便长剑被截、心里堵，但他也还是服气的，不止服气，还对她隐隐有些好奇起来。毕竟在她之前，他还从没见过修习这样功夫的人，并且这个人的医术似乎也很好。尤其，她还救了他。

“你醒了？”燕绥之跟在花兮后边，也这么问他一句。

然而，与其说是在问他，不如说，燕绥之是在寻一个同花兮打破僵局的时机。否则，恐怕他也不会一直这么眼巴巴地将她望着。

但花兮却一反常态，并未理会，只是看着迟玖，打趣着问：“傻了、哑了，还是聋了？怎么不说话？”

而迟玖一边不动声色打量着眼前暗潮汹涌的两个人，一边莫名陷在了自己的困惑里。

“没有。”

他随口应了一声，又瞥一眼花兮身后脸色沉沉的燕绥之，想到两个人相处亲昵，再联系了他们方才的对话……

嗯，还是分析不出两个人的关系呢。

迟玖心底郁闷，到了现在，才终于承认同教经常讲他是个木头，并不是什么诋毁。

“不论如何，多谢相救。”

“唔，你的确该谢我，该好好地谢我，毕竟我救了你的命。”花兮环着手臂，“只是嘴上说说，也忒没有诚意了。”

迟玖一时语塞。

“你放心，我不会怎么着你的，我只是无聊，想在身边收几个人玩儿……”

“的确，救命之恩不是小事。”迟玖略作沉吟，“倘若我没有归属，自然愿意归顺姑娘，但在下已有所属之地，怕是无法……”

“你别打岔啊，我这不还没说完嘛。”花兮似是不满，“而且，我说想带着你玩一玩，又没说一定要你归顺我，那样多麻烦，我可没在这儿开宗立派的意思。毕竟过完瘾我就走了，不想留下那么多事，所以你也不必担心。”她说着，指一指燕绥之，“你看，他也是有门派的，现在跟在我身边，也没有什么影响不是。左右我玩够了就会离开，到时候，你们也自由了，没多大关系……”

与燕绥之不同，花兮这次不打算强掳了迟玖，他和燕绥之的差别这样大，她还不至于看不出来。不论面对什么，这态度和方法，总该是因人而异的。

花兮正苦口婆心地说着，像是想说服迟玖，不料这时燕绥之忽然打岔。他神色紧张:“你说的是什么意思? 你……你是说,你随时会走吗? ”

“对啊，怎么了？”花兮应得轻快，仿佛刚刚发生的事情，已经被她彻底忘记了，接着又满脸莫名，“你这是什么表情? 说起来，我本来也就是来玩的，放松休息一阵，自然也该回到原本的地方。小燕燕，你以为，我能在这儿待多久？”她拍了拍少年无故涨红的脸，“你别看我这副样子，事实上啊，我可是很忙的。”

“那你……”

“我大概知道你在想些什么。”

花兮说着，燕绥之猛地一愣。

他怔怔：“什么？”

“你放心，我走了之后，你也可以回你的玄玉门，反正在大家眼里，你是我掳来的，就算回去，也不会被当成奸细叛徒之类……”

少年一怔，别开脸：“我没有在想这个。”他只觉得有些堵，只说得出这一句话，其余的都噎在了嗓子里。

可花兮没有放在心上，只是拍拍他的肩膀。

小小的少年，最喜欢口是心非了，她知道的。

“那你呢？我方才说了这么多，你考虑好了没有？”花兮转向迟玖。

迟玖顿了顿：“倘若我的答案，依旧没法让姑娘满意呢？”

“那样，我会很不开心，我一不开心，就想杀人。”她凭空化出一把利刃，却是借着袖子的掩饰，从那里边抽了出来，“说简单点儿，你不从我，便只有如此下场了。”

迟玖凝眸，他看得出，花兮不是开玩笑。

却也觉得，她的不开心，并非是他不答应她，而更有可能……

更有可能，是与燕绥之有关。

在心底权衡了一番，迟玖一叹：“我答应姑娘。”

“嗯，那便这样吧。明天记得给我带路。”

“带路？”

花兮并不是不知道魔教怎么去，事实上，这个世界上，很少有她所不知道的东西。但这毕竟是人界，如果她什么都知道、什么都熟悉，就算没有人敢来质问她，久了，看上去也会很奇怪吧。

这么想着，她联系着迟玖的身份，提出这么个要求。

花兮冲他扬了扬下巴：“对，带路，你不是那什么魔教护法吗？可不就巧了，我呀，正准备要去魔教呢！”

第四章

DISIZHANG

是与不是，姑娘已经有答案了，
不是吗？

1.

说是准备去魔教，但在迟玖的眼里，花兮一路上皆在玩玩闹闹，经常这里绕绕那里拐拐，像是没有目的地似的，一点儿都不着急。并且，她行事张扬，完全没有掩饰身份的意思，更甚于，就是这样的动作，让她坐实了“魔教教主”的身份。

比起花兮的新奇和喜滋滋，迟玖却是满心忧虑。

身为护法，他早习惯了事事本教优先，不论是什么事情，哪怕再小，但凡牵扯到了魔教，他都会十分上心。尤其是对于花兮。对这个女子，他最初防备，继而奇怪，再是有意无意去探查几番，一切的一切，都是因为她看似无理却始终坚持的动作。

这个世界上不是没有平白无故发生的事情，但迟玖实在无法相信，有朝一日，会有一个女子，莫名其妙认定了要去“帮助”他们。并且，她看上去还很不简单。根据他的人生经验，事出反常必有妖。

因此，面对着看似坦荡、行为却异常的花兮，迟玖从未放下过怀疑。

连出生入死的己方亲信都难免会有变故，更何况是一个事不关他的陌生人？

倘若真能这样轻易相信花兮，迟玖便也不是迟玖了。可再怎么怀疑和观察，到了现在，他也还是有些摸不着头脑起来。

倒不是因为什么发现都没有，而是他发现，她似乎是真的想要助魔教一臂之力。

可动机呢？

跟在花兮身后，迟玖的眸中满是担忧。

对方越是滴水不漏，这便越可能是一桩深远阴谋，太可怕了。

还没想多久，迟玖便被前方燕绥之的一声低呼给唤回了神志：“前边山下烟雾好大，那是着火了吗？”

迟玖顺着燕绥之所指的方向望去，却只看见漆黑一片，其余的，什么也没能够瞧见。

“呀，的确是好大的烟啊，这样说来，那边的天也是被火烧红的？”花兮一把丢掉啃了几口的苹果，嘴里含混不清地念起了“生魂烧不尽，冤屈散漫天，恐是有异”之类的奇怪话。

迟玖没有听清楚她的嘟囔，只是看着苹果落地滚了几下，最后停在自己脚边。

然后，听见花兮一口咽下嘴里的果肉：“去看看。”

此时的花兮不复以往动作轻盈，相反，她的步子有些沉重。似乎在燕绥之所指、他却只能看见一片黑暗的地方，真的发生了什么事情。

迟玖不言，只是跟在了他们身后，趁着他们没注意，眯了眯眼。接着似是困惑，他狠狠甩头，又眯了眯。

很好，依然是什么也看不见。迟玖面上淡然，心底却在呵呵，他别是瞎了吧。

只是，这样的想法并没有维持很久，事实上，在他们越过山坡的时候，迟玖便看见了火光。那里燃着一个村庄，即便隔了这么远的距离，再加上山坡脚下层林叠叠，他还是能够瞧见细微的火红色招招摇摇。

迟玖暗自心惊。

一方面是因为那场火，而另一方面，则是因为花兮和燕绥之的眼力。

迟玖自幼习武，又是资质大纵，他的眼力可以说是很好的了。可方才他们走在山脚下，眼前只有土坡和植被，真要往上望，至多也只能望见高耸的树和厚密的云层。而因为有着这样多的遮挡物，别说那火在那样远的村落里，即便就在山脚下，要看见，恐怕都还是有些费劲的。

但他们这般轻轻巧巧就发现了。

这两个人，实在不简单。

“那个地方的怨气好重，血腥味……也好重。”

花兮拧着眉头，站在山顶上，那血红色摇摆着的火舌从遥远的地方、隔着这样远的距离，映在她的眼底，明明灭灭。在这样的氛围下，迟玖也不知道是自己的错觉还是怎的，他只觉得花兮的衣袍都更红了几分，如火如荼，将她整个人衬得更加妖异起来。

半晌，她眸色一凛：“我去看看。”

说罢，那绯色裙摆顺着她的动作微微晃动，待迟玖再看，花兮已是如同离弦之箭一般蹿了出去。那道红色身影朝着火光而去，电光石火之间便到达了那处，快得他都反应不过来。

这时，他下意识往燕绥之的方向一瞥。

少年在这一瞬间当即收回眼底的复杂，再抬头的时候，又是一派纯良。

“我牵着毛驴，怕是走不快的，可你不同。”燕绥之笑着，眼底却没有几分暖意，“她总是冲动，我怕她有危险，你能不能先过去看看她？也算是有个照应。”

迟玖无法拒绝，于是淡然颔首，足下一个发力便追随着花兮而去。

他并没有发现，就在他凌空而起的同一时间，燕绥之右手掌心运出一个泛着幽幽蓝色的光球，接着，他随手一挥，那幽光便包裹了整个身子。随即，幽光一闪，人影消失。

同他一道消失的，还有他口中让人不方便动作的毛驴。

也正因为没有发现这些异常，直接导致迟玖在几个起落，气喘吁吁，好不容易赶到走水的村落边上时，有些反应不及。

不是说牵着毛驴不方便走路吗？

倘若真是这样，那么，出现在他身前的少年是谁？他又到底是怎么过来的？！

2.

眼前不止灼人眼球的熊熊火光，更让人无法忍受的，是那阵阵袭来的热浪。

面对这样一场大火，饶是迟玖都不由得退后几步，但花兮和燕绥之却是毫无感觉似的，站在那热浪之前。偶尔有风卷着火舌舔来，迟玖便会生出一个想法——

或许，那两个人在下一刻就要被吞噬了也未可知。

但想是想，现实是现实。

他们离火场这么近，却是一点儿也没有被波及。反而是迟玖，每当热浪向前扑出一阵，他便要被逼退一步。这样几番下来，他已经离他们有一段距离了。

再一次站定脚步，迟玖顿了顿，想要出声提醒，却不妨花兮的声音先他一步响了起来。

“迟玖，你们那儿的标志，是不是‘三星赤莲’？”

闻言一愣，迟玖几步朝她走去。

魔教的标志并不是什么秘密，虽说总有些后生觉得陌生，但只要是稍有见识，便没有不知道的。花兮会知道这个也不奇怪，不值得他有这么大的反应。可若她是在这样的情况下，指着火光中间的什么东西，用不符合她脾性的语气这么问出口来，那便很奇怪了。

迟玖冒着滚滚热气走近火焰，他艰难地眯着眼睛看了许久，却是什么也看不清。

花兮转头看他，状似无意地敲了敲他的后颈，他只觉得有一阵凉意从那儿渗了进去，激得他浑身发颤，待他颤完，揉揉眼睛，竟意外地发现自己能将火堆里的图案看清楚了。

他心下复杂，却是极力掩饰，只对着花兮问道："你敲我干吗？"

"我敲你是因为你是个榆木脑袋！"花兮翻了个白眼，在捕捉到他眼底的防备时，又不禁微微叹息，"你还没有告诉我，是不是？"

传闻，魔教虽然手段变态、行为狠辣，倒也是个有担当的。但凡是他们所为，总会在案发地留下本教标识。而代表魔教的那个标识，正是三星赤莲纹。

迟玖沉默片刻，再度开口，却不是以往那般有问必答："你这么问我，是不是因为觉得这件事是我教做的？"

"不。"花兮环着手臂，"我只是为这件事找个话头而已，谁叫你这样闷，若是单刀直入，难免叫人讲得尴尬。”

如今境况如何，花兮比迟玖要清楚得多，因为迟玖再怎么脑子转得快也不过是猜测，而花兮却是早在落地之时，便放出灵识探查到了之前发生的一切。

这个村子很小，里里外外，不过十七口人。可再少也是命，十七个无辜的生灵。

再说回花兮刚刚落地的时候。

遭受意外枉死的人，身上往往存有许多执念，或怨或恨，或痴或嗔，其中没多少修为的，会在死后不久被冥界差人带走，而停留原地时间的长短，便是由这执念深浅而定。

当花兮飞落至此，她看见了十七个亡灵。十七个，一个不少。

可这火分明已经烧了一段时间了。

由此可见其怨气之深。

“我的腿好疼啊，好疼啊……头也好疼啊……那火，烧得人好疼好疼啊……”

这一句，是一个被生生折断腿骨的老人家喊出来的。老人家年岁已长，经此一番，又被困于着火的木屋中，只能眼睁睁看着自己以及被打晕的家人被活活烧死。

站在花兮面前的亡灵周身漆黑如炭，辨不清面容，却也能感觉到她满脸痛苦。

花兮从不认为自己有多善良，她的手上折过多少人，她自己也数不清楚。说是全为自保或保护族人，那么对方呢？对方与她的立场不也一样？

然而，此时此刻，她偏偏又生出了些许恻隐之心。虽然她不愿意承认，但这个老者，和她因魔族与妖兽的战争而死去的奶奶实在太像。

“是谁害的你们？”她问。

“我不晓得，不晓得啊……”

“如若我愿替你报仇，你可愿意将你生前所见的那人面容，分神给我？”

花兮口中的“分神”，是要那个老者把自己所见所知，全都裹在尚未消散的神思里，交给她。而代价，便是魂魄残缺，即便能入轮回，来生也会身子孱弱，一辈子缠绵病榻。

可那老者听到这句话后，却是想也不想便这么做了。

这样的动作，只有恨过的人才能明白。

哪怕我会付出代价，你也绝对不能好过，否则，难道我这些苦和罪，都要白受了吗？

收下老者最后的记忆，花兮将它们封存在灵台里，一幕幕慢慢地看着，越是看到后边，便越觉得心惊。

这个村子里的人，他们本应在这儿无忧无虑地生活着，却于此夜，葬在这样一场火里，葬于某些人的贪欲里。

是啊，这场火不是意外，地上的痕迹也不是魔教留下的。这桩纵火案，便是那些口口声声要讨伐异徒的所谓“正道”人士的手笔。说是栽赃陷害，还轻了一些，或许该说是伤天害理、惨无人道。

魔族中人，多重玩乐，不重权势。偶尔有几个想要争的，那心思也并不多重，轻易就能打发过去，因此，花兮这个魔君的位置，坐得极稳。在此之前，她并不晓得，因为所谓“权势”而生出的贪欲能重到怎样的地步。

3.

看出花兮平静面容下的暗潮，燕绥之一时有些心紧。

他不知道她在想什么，也不知道自己能做什么，只是握了拳又松开，最后几步走过去，揽住她的肩膀。

精魅是吸收日月之灵与草木精华而凝成的，故而，即便化成了实体，身上也总是偏冷。而此时花兮被火浪扑面，又因为所见所感，心底也被烧成一片，忽然被少年这样靠近，倒也中和了些火气。

花兮下意识抬头，正巧撞进一双深邃的眼瞳。

那眼底有关心、有担心，还有几分因她的反应而生出的无措。

真是奇怪啊！花兮在心里这么念了一句，真奇怪。

明明是这样“凉”的一个人，为什么她会在他的身上，感觉到温暖呢？那暖流自他的眼瞳之中流淌出来，顺着目光，一点点流进了她的眼里、心里。

花兮笑着摇摇头，心情稍微平复了些，也不多想，就这么靠近他的怀里，丝毫不管迟玖的反应。

“喂，你还没有回答我。”花兮斜着眼睛，瞥一下侧头躲避的迟玖，“那个纹路，是魔教标识吗？”

迟玖微顿：“是与不是，姑娘已经有答案了，不是吗？”

“是倒是。”花兮承认得爽快，“可我很想知道，你们都被这样栽赃了，你怎么一点儿反应也没有？”

迟玖略作沉吟，开口：“不是第一次了。”

花兮蹙眉，想从燕绥之的怀抱里爬出来，却是刚刚有个动作，就被那人按入怀里。

她也懒得挣扎，只是诧异于迟玖的话：“什么？”

“这样的手段，我们也不是第一次见到了。”迟玖的面庞被忽明忽暗的火光映着，叫人看不清楚表情，“早在前几年便有了这样的动静，只是一直是小打小闹的栽赃。最近忽然频繁起来，而且每次出事都牵连数桩人命……”

“真是岂有此理！”花兮怒道，“难道你们就这样像软柿子似的，任他们捏吗？”

“自然不是。我们每一次都给予回击，每一次的回击，都会让对方伤亡惨重，只是，也正因如此，更加坐实了我教‘无恶不作’的名声。久了，牵扯不清，也就不计较了。”

迟玖的话里满是无奈，连带着人也看着落魄，燕绥之却只关心花兮的皱眉，伸手想要为她抚平。

花兮下意识地握住他的手，继而转头，笑意微冷。

枉那些人自诩正道，做的却全是歪门邪道都不愿意做的事情，打着惩恶的名义，所作所为，全是为一己私欲。

怎么，沾着个“魔”字，便代表着“邪”，这到底是谁说出的意思？

不管是谁，借着个“正道”的名声，就能代表了所有人，去攻打他们眼中的“恶”了？这又是谁定下的规矩？

花兮抿唇，眸色复杂。

她原本讲着要去帮助魔教，只是无聊随口一说，左右她也不是重诺重信的人，路上玩玩乐乐也已经足够开心，这么说来，那个什么所谓的魔教，其实可去可不去。但现在，她想，自己是非去不可了。

不为什么正义公道，只为了洗去“魔”之一字上边，被那些人泼上去的污水，同时也为了那些无辜死在他们手下的普通人。受一界尊崇，察一界是非，护一界安乐，这是一界之主的职责所在。哪怕这里不是魔界，她也早习惯了这么做。

捻了捻手指，那个地方还残存着熏染过的烟火味道。

花兮眯了眯眼，眸底透出几分坚决。

哪怕什么都不为，至少得对得起那位老者交与她的灵魄吧。

如此，也算是不辜负这一场相会。

第五章

DIWUZHANG

每个人都有那样一段记忆，
不能提起，不能触碰。

1.

夜间，燕绥之辗转许久，睁着眼睛看着帷帐，怎么也睡不着。他的脑子里回荡着的，都是这几天的事情。

燕绥之不是花兮，自然不懂她心中所思所想，他只能站在自己的角度上看着这一桩桩事情，并且因为自己的一些猜测，而心情受到影响。

在他的眼里，自从那夜遇见失火村落之后，原先每天赖着他的花兮，越来越多地将时间和注意力都放在了迟玖那儿。

虽说，就算是从前她在注意着他的时候，也只是逗弄玩乐，没有几分真正的关心在意，可那也总比她不看他来得好。

燕绥之的眼底闪过几分复杂，而他的脑海里，来来回回播放着的，是花兮对着迟玖笑得欢畅的那张脸。是啊，笑得欢畅，并且极其欢畅。她像是得到新玩具的孩子，如同最开始逗弄他一般，笑吟吟开始围着另一个人嬉玩。

即便不愿意承认，可这时候，燕绥之也忍不住想，她大概是真的什么也没放在心上过，而他从来都不是特别的。

可为什么会这样呢？为什么，原先笑盈盈望着自己的那个女子，也可以用一样的表情、一样的笑意，对着旁人？

或许……

会不会，他其实十分普通，普通到任何一个人都能够将他代替？

不知道为什么，这种认知让他的心情变得很糟糕。

糟糕到，让他的头又开始疼了起来。

是啊，这几天，他莫名地便会感觉到头疼，好像被无故注入许多鼓鼓胀胀的东西，那东西来得突然，叫人猝不及防，全部堆在他的脑子里，甚至要挤到塞不下的地步。燕绥之不自觉地眯紧了眼睛，原本放在身侧的双手，也在这时候抱住头。

他满脸难耐，自然也就忽略了周遭朝他涌来的白光。那白光里边夹杂着幽幽的蓝色星点，像是草木间被引出来的灵气。

这感觉很难受，同时却也因为灵力的汇入，叫人觉得安心。

“唔……”

在最后一抹灵气消失于他身前的那一刻，燕绥之终于没忍住，低呼一声。

与此同时，住在隔壁房间的花兮感觉到了轻微的波动，她轻一皱眉。那不像是人界的功夫，而更像是精魅一类，在借着月辉吸收外物精气，以此充盈自身。

或许是因为那天见到失火村落和收下了老人最后的神识，这几日花兮一直休息不好，心头像是凝着重重的事情，缠得她几乎窒息。说到底，她并不是多硬心肠的人，在曾经被逼着上战场之前，她对于生死，是有畏惧的。

只是，那种畏惧随着她的经历和成长渐渐被压在了内心深处，许久没有醒来。这一次却不小心被大火又勾出来了。

于是，便很难再压下去。

猛然睁眼起身，飘忽间，花兮已经站在了燕绥之的房门外边。

她细细感受着空气里还没来得及散去的微微灵气，却碍于自封了灵识，辨不真切。

犹豫了一会儿，花兮抬手敲门，声音里带着笑意，仿佛什么事都没有发生："小燕燕，你睡了吗？"

房内传来下榻穿衣的窸窸窣窣声音，不久，房门被从内打开。

花兮很是自然，蹭着他就从边上溜了进去。她看上去睡眼惺忪，迷迷糊糊的，身形也摇摇晃晃，却总给人一种在找着什么的感觉。

“你在干什么？”在她身后，燕绥之带着疑惑地跟着。

干什么？花兮眼睛一眯。

那些波动，在他开门的那一刻，消失了。

她转了转眼珠，转身环住他的脖子，笑得随意：“哎呀，怎么说呢？唔，我刚刚梦到你这里藏了个人。”

燕绥之低着头，身子往后微微仰着，手却环上挂住他的花兮的腰，怕她摔下去似的。

“藏了个人？”

“咦，好奇怪。”

燕绥之轻笑：“的确很奇怪，我这里哪能藏着什么人。”

“不是。”花兮想了想，“你怎么不脸红了？不但不脸红，还这样应对自如，真是不像你。”她说着，贴近他的耳朵，轻轻呼气，“不过啊，你这样也很好玩。原来呢，你像个小孩子，而现在，像是个长大的小孩子了。”

在她看不见的地方，燕绥之眸色微暗。但他的声音却放得比之前更软，害羞一般：“是……是吗？”

花兮蹙眉：“不是，你又小回来了。”

经过刚刚缓冲的那一遭，她已经开了大半灵识，却是怎么也没有办法再探到什么灵气、什么波动了。

“大概是我的错觉吧，混沌的时候，总容易弄错事情。”

她说着，语义不明，转头拍了拍燕绥之的脸，拍完之后，又上手掐了两把。

“真嫩呀，晚安，早点儿睡。”

说完，花兮头也不回就这么离开了，只剩下燕绥之站在原地，看着她的背影消失在门外。而后，他抬手，有风从窗外灌入，带上了房门，原先平息下来的灵气，也随着那阵风，又泛起了少许。

2.

做完这个动作，燕绥之想了想，走到窗边，随手划了个动作。

也就是这一个动作，外边的草木花树上边所覆盖着的灵息全被调动起来，它们点点招摇，随着风的流向，忽浓忽淡，完全掩盖住了这房间里的异常。

而回到隔壁的花兮，在被这带着灵气的风一拂，猛然一顿，快步走向窗边。她朝外探去，却只探到了花木自带的精气，再一望天，看见悬着的满月，她不知为何，松了口气。

天地之间，万物皆有灵，而今天恰逢月圆之夜，这些灵识未开的低阶物种，身上精气不稳，会有波动，也属正常。或许是她这几日心神恍惚，太容易敏感了。

几番之后，花兮原本悬着的心，终于稍微放下来了些，只是，仍会有些担忧。

“这般强劲的灵力，当真是风携来的吗？”她喃喃着，退回床上，在心里安慰着自己，“不过也是，六界各自分明，哪有那么碰巧，会在这里遇见谁啊……”

大概是这几日被那火烧得心神不宁，此时的花兮即便觉得奇怪，也实在懒得去多想了。

再说，六界里，除了妖道和鬼道，其余的，比如神魔仙，都应当在自己的地盘，胡乱串门其实是不大好的行为。因此，大家几乎互不干涉。

其中最严格的当属神界，在花兮还小的时候，她便听过许多故事，其中不乏神仙下凡被严惩之类的，在她还未长大的时候，那几个悲剧结尾的话本，真说是她的心理阴影也不为过。

同时，因为那些话本，让她对人界更加好奇——

哪怕是神仙，哪怕是冒着那样大的危险，也还是要来这个地方，可想而知，这里该有多好玩。

的确，她爱玩，所以来了这里。但被发现可就不是什么好玩的事情了。故而，即便大大咧咧如她，也不得不收敛几分。只是因为来了这么久，总是无事，她最近放松了警惕，说起来，要不是今夜感觉到这些不对，她几乎就要把这一茬儿给忘了。

“嗯，还是小心些的好啊……”

这么念着，她难得有了睡意，浅浅睡了过去。

就在花兮陷入沉睡的同时，燕绥之朝着她的房间看了一眼，神色微冷，唇边却含着浅浅魅意。这两种气质分明相悖，却在他的身上被融合得极其完美。

这一次醒来，他的灵智，又能维持多久呢？

燕绥之抱着手臂，一分一分算着。

夜依然深。

3.

当魔教教主与魔教护法同时出现，会有怎样的效果呢？

这个问题，之前，迟玖从未考虑过。

事实上，虽说同是魔教之人，然而，除却教中交往，在这外边，他们都是没有一起出现过的。毕竟谁都晓得，魔教教主从不轻易出现于人前，而左右护法却几乎不论何事都要出面，因此，江湖中混得久的，看见他们，必然认识。

而教主若要和他们走在一起，难免要暴露身份。

迟玖面对着周围的包围圈，觉得有些头大。

他不清楚花兮是怎样的人，也不知道她是哪门哪派，甚至也怀疑过，她会不会是正道卧底，这会不会是什么计谋。可即便对她有再多猜忌，在事情弄清之前，她对于他的意义，最为重要的那一个，还是救命恩人。

在迟玖的心里，他有保护她的责任，不关其他，只算报恩。

之前他还想着，不管有再大的误会，护她一路便好，其余的，久了，不需解释别人也会知道，可如今却解释不清了。

“魔头！”对面有一花白胡须的中年男子朝他们指来，“在这样的时刻，还敢这般招摇，你们……”

中年男子气势极足，不似一些半吊子，外强中干，迟玖微微眯眼看他，却在发现看不透他的修为之后，沉了心思，做好打算，严阵以待。在瞧见他的防备之后，中年男子声音更加大了，一字一顿，铿锵有力。

迟玖贴近花兮，耳语对她：“姑娘，这个人不简单，小心为上。”

燕绥之并不是没有听见，他也知道这是一句善意的提醒，可看见迟玖和花兮离得那么近，他还是觉得有些不开心，于是稍稍往那边走近了些，佯装无意地撞着迟玖，将迟玖隔开。

“不好意思，你没怎么样吧？”燕绥之的动作并不明显，不论怎么看，都像是真的无意。

但迟玖就是觉得这小子是故意的。

“怎么了？”

花兮没有回答迟玖的话，却是转向了燕绥之。

迟玖见状皱眉，正欲再度提醒，却被眼前人插了空，挡在他的前边。

“没什么，我不小心踩空了一下。”

见他们这样旁若无人地聊着不打紧的东西，那边的中年男子气得连胡须都要竖起来。

“黄毛小儿，妄自托大。”

那中年男子的身后有许多人相护，自身也是内力深厚，看得出来，是个实力与威望并存的人。这样的人不多，却也绝不止一个。

只是，有些人能够明白，并且保持谦虚，有些人却难免膨胀，但只要在一个适度的范围之内，大家也都会包容忍让于他们。毕竟，他们并非无能之人。

这个男子显然是后边那种，平时被小辈们捧惯了，又被江湖名利浸染，因此，才受不得这样被人忽视的刺激。否则，不论是放在平素何时，他都不该说出这样的话。

在武学里边，年纪不是无用的。年纪越大，自然修炼越精越纯，却也不是至关重要，毕竟，虽然少，但天才这种人，还是存在的。

而能够坐上魔教护法和教主的位置，这样的人，哪怕再怎么年轻，又怎么能拿“黄毛小儿”来比？

即便是正邪两道，各不相为谋，这八个字，也实在是说得偏颇了些。

也就是在这个时候，花兮回头，对他笑笑：“你方才说什么？”

花兮向来随性，并不大在乎旁人对她的评价与说辞。如果是放在平常，这样浅薄的几句话，她是不会在意的。只是很不巧，如今山村纵火一事刚过不久，那样难平的心情，一直缠在她的心上，叫她单是想一想，都气得很。

而在这样的时候，对方忽然撞上来，以这样义正词严的姿态，对她叫骂。

啧啧啧……真是叫人讨厌的“正道”嘴脸。

花兮冷笑。

既然是对方先寻上门，那便怪不得她乱生是非了。

“呵！”那中年男子此时回过神来，也察觉到了自己话里的不妥，却碍着面子，无法讲些什么别的，只能撑着，“怎的，教主是要我再说一遍？”

花兮却忽然收了之前诡异的笑容，变得好奇起来。

“教主？”她转向迟玖，“那个人叫我教主，怎么，难道那是我们的人？”

按理来说，这样一个称呼，在某种程度上已经抵过了对方之前言语的过失，若是无心惹事，理当见好就收。可花兮从来不是一个晓得见好就收的人。

身为一界之主，与六界至尊等高，她需要去看谁？除却人界之外，余下那些活得长些、有见识的，谁不知道，在任魔君花兮虽性喜玩乐，却非是以继承上任，而是刀山火海里厮杀过来，曾率兵抵抗妖兽，以杀入世，以杀止杀。这样一个人，谁又敢在她面前给她什么脸色？

便是如此，让她养成了这样不羁的性子，看见什么，都忍不得。

迟玖听了她的话，稍微从之前的不悦里缓过来些，却在意识到她顺势坐牢了自己位置之后，又青了脸。即便时至如今，他依然不知道花兮打的是什么算盘，但不论如何，牵系到了魔教，他便不由得慎重起来。

这是刻在骨子里的认真，也是他似乎生来便带着的严谨。

只是，在这样的时候，却不容他纠正。

于是，他只能低着头掩饰情绪，平和阐述：“那人并非我教门下。”

“哦，看他叫我教主，还以为是什么手下呢。”

“你——”

听到花兮这句话，中年男子立刻忍不住了，刚开口准备叫些什么似的，花兮却没给他说完话的机会。

迟玖只见她从自己的手上抓走一把瓜子，看似优哉游哉，实则动作极快。她嗑了一粒，随口把瓜子壳往那个人那儿一吐，那瓜子壳便如利器朝男子飞去，在他的话音出口之前，瓜子壳便穿透了他的胸膛，带出一串血珠，自他背心而出。

“言师叔！”

“师叔！”

“怎么会这样？！”

原先站在他身后的那些人顷刻慌乱，其间不乏几个年纪小的弟子惊呼出声，但他们又在很短的时间内被组织镇定下来。这样的领导力，饶是迟玖也不得不佩服。

可这个时候，比起佩服那边的整齐，迟玖更多的心思，还是在花兮身上。

他不是不知道她的身手高觉，也不是不知道她的招式怪异。

然而，每看见一次，他又多一次震惊。

这样的功夫实在罕见，若是可以，他很想把花兮收于教下，这绝对是很大的一个助力。可同时，他也比谁都清楚，这样不行。

且不说她自身强大，根本无需加入哪个教派，也无心任何势力。在此之外，她还是一个很怪的人。不是说什么性子行为，只是这个人。

她当真奇怪。

因为，她不论做什么，都一点儿痕迹没有，这样的人其实是很可怕的，无论做什么都无法让人看透。

“喂，你们放心，我在这儿呢，是不能杀生的。”

花兮仍在嗑着瓜子：“所以啊，他只是晕过去了，那个小伤口，算是我送他的见面礼，不必客气，也不必还了。或者，要还也行，只是不晓得，你们谁有这样的本事。”

“若说这胸膛处的贯穿是小伤口，那你讲，是不是出了人命也没什么了不得？”那边有一个小弟子被激得脸颊通红，连带着说话也词不达意，本来应当是极有气势的一句质问，生生因为这样，被削弱了几分。

但花兮却是笑着听完了。只因为，他这副样子，像极了害羞时候的燕绥之。

刚刚想到燕绥之，他便挡在了她的面前。

同在她身边时候不同，此时的燕绥之，周身都带着寒气，仿佛在对所有怒目向她的人散发着。

“你们……”

“小燕燕，这句话，让我自己来回。”花兮将声音放软，从后边钩了他的脖子，身子却探向前边，向着那个小弟子，“你说得没错，生生死死，的确也没什么了不得的。而今，你觉得那个人伤得重，不过是你没见识，反正，在我眼里，那真只是小伤而已。”她笑得艳绝，“毕竟呀，我所知道的大伤，当是腿骨俱碎，被生生碾成细粉，随着鲜血流出，还得长枪撑地，干熬过去，继续与人打斗呢。”

——便如，当年对抗妖兽的战场上，满身鲜血的她。

燕绥之听着，心底不由得一颤，却说不出来自己是为何而颤。他只是隐隐觉得，今日的她，和往常时候不大一样了。

“你——胡扯！”小弟子讲不出什么反驳的话，只能红着脸这么喊着。

而花兮只是耸一耸肩，状似无所谓：“不玩了，没意思，我们走吧。”

若是按照她以往的性子，这样的场面，怎么会没有意思。她从来只会觉得越乱越好，又何曾因为人多退却过。

她只是……

她只是因为刚刚那句话，无意间想到了成为魔君之前的那段岁月。

思及此，心底苦涩，于是看什么也都没有了意思而已。

“伤了人就想走，哪有那么好的事情！”

兴许是见着花兮不与他们计较，那边门下的其他弟子也站出来，一个个嚷着让她给个公道。

可花兮现在实在头疼，连打一顿都懒得出手，也不管会不会被谁发现、会不会惹出事端，随手放了烟雾便消失在人群之中。

每个人都有那样一段记忆，不能提起，不能触碰。

哪怕是以玩笑的姿态，哪怕是自己不经意想起。

只要情绪翻覆上来，便会失常。

便如此时。

4.

圆月之下，草坡坪上。

花兮背对着万家灯火，眼前是一棵枯树，她拿手一下下碰着树干上的干枯痕迹。

“你觉得，你像不像一道疤？”花兮嘟囔着，又闭上眼睛，“或许，这种手感，更像是结疤时候，伤口上的痂。碰着很硬，一旦撕开，底下便是没有长好的粉色软肉，脆弱得很。”

她垂着眼睛。

“我不会剥你的，你没对我怎么样，我也知道那样疼。”

在她的身后，燕绥之站在一块石头后边，静静将她望着。

这样的距离，花兮不可能没有发现他，只是，她单单对着树，没怎么搭理。

站了许久之后，燕绥之走上前来。

“哟，小燕燕。”花兮转过身来，又是那样明艳的一个笑。她倚着树干，弯了眉眼，“你怎的到这里寻我来了？咦，这副表情……哦，你是不是在怪我下午没有把你带走？呀，实在很对不住，但我的功夫不够，只能走一个人……”

在她话音落下之前，燕绥之已经走到她的面前，将她环在怀里。

“我知道，我没有怪你，我也不舍得。”

他的声音很轻，却不是平素羞涩的轻。此时的他，身上带着的，更多的是温柔和怜惜。

怜惜？花兮有些怔忪。这样的情绪，由别人来对她，实在是叫她有些意外。

可花兮没有表现出来：“哟，小燕燕不怪我就好，不然呀，我可要不安了呢。”

与花兮的随口打诨不同，燕绥之始终是认真的。那样的认真，便如对待魔教问题的迟玖，满心全是重视。

“我不怪你，你可以以任何你喜欢的方式对我。只要是你，怎样都好。”

也许是今夜的燕绥之太过反常，也许是今夜的花兮太过脆弱，也许什么都不是，只是这个时辰、这个山坡、这些闪闪烁烁的星子，它们的身上带着魔力，叫人不管在什么样的话语里，都容易沉沦。

对啊，一定是这样。

在视线因为漫出的水雾而变得模糊的时候，花兮心想，一定是这样。

她靠在他的怀里，叹了一声："小燕燕，我真的好累啊，这么多年，我真的好累好累啊。可是，那些人总以为我是不会累的，在他们的眼里，我像是什么都能做，什么都会做。可事实上，谁天生就什么都会？还不是被逼出来的？"

此时的花兮，不是江湖人眼中只知没个正经的怪异少女，也不是在魔族里说一不二的君主，她只是一个奔波在路上，走累了、渴望歇息的人。

"我不想死，便只能会了。"她懒懒环住他的腰，说出来的话前言不搭后语，没什么逻辑，也没有什么前情，便如梦话一般，叫人听不明白。可燕绥之却是认真应着。

"我知道，那样的话，一定很累。"

"扑哧！"花兮轻笑出声，"你知道？你才几岁，活了几年，见过什么？你怎么就知道了？"

"我时常混沌，意识不明，活得也不久，什么大事都未曾见过。"他也不恼，只是一句一句认真答着，"但我明白，你不是会随口抱怨的人。你那样喜欢笑，今日却这般模样。你一定是很累了，累到忍不住了。"

"嗤……"

花兮不再回应，只单单把头埋在他的肩膀上，不笑亦不语。

月轮从后照来，将他们的影子编在一起。

她经历过些什么、如今在想什么，燕绥之应当是不知道的。

从来没有一个人，能在并不相熟也不知前因的情况下，明白另一个人的心情和感受。不过，这样的事情，花兮也从来不介意。

魔界向来崇尚武力，只认能力强弱，其余什么都不论。对于他们而言，这样的心情是很难启齿的。因为，困惑和迷茫、不安与痛苦，本身就是弱者的情绪。身为魔君，怎么可以有这样失措的一面呢?

所以，即便难忍，花兮也一直将它们小心藏着。

但这个时候，她忽然很想说出来。

她知道，眼前的人不会笑她，不会因此看不起她。她知道，他会听。

在燕绥之面前，她很安心。

“小燕燕啊！”

过了许久，她这样唤了一声。

燕绥之点点头：“我在。”

刚刚准备将自己的心情讲出来，却又在话语出口的那一瞬间，花兮顿住了。她怎么忘了呢？他是人类啊。

那些事情，她就算再怎么想说，再怎么想要与谁倾诉，又如何能够对他说?

思及此，花兮无奈地笑笑。

这样的笑容不应出现在她的脸上，她本该一直张扬明媚才对。然而，在这个时候，她也是真的控制不住。

强行将心头酸涩按下，花兮环住他的手收得更紧了一些，话音却是一转，变得轻快起来。她敛下情绪，复轻声唤他："小燕燕？"

燕绥之似有所感，却没有多说什么，只是答着："嗯，我在。"

"小绥绥……"

"我在。"

"小之之，小甜心，小宝贝……"

燕绥之终于忍不住抽了一下嘴角，却依然浅笑应着："嗯，我在，我在。"

"我知道你在，不然抱着我的是谁。"花兮的声音里终于带上了些笑意，"我就是这么叫一叫，你不必回我。左右也不可能，我每次叫你，你都在我的身边。"

这一次，燕绥之稍微沉默了一阵。半晌之后，他却依然固执地回答："我在。"

他说："我会一直在，不论你叫不叫我，看不看我。花兮，我一直在你的身边。"

从他的怀抱里挣脱出来，花兮捧着他的脸，盯了许久，最终勾着嘴角，贴上他的唇。也就在她做出这个动作的那一刻，燕绥之像是因为意外，耳朵微微泛起粉色。

果然是纯情的少年啊，脸皮薄得这样厉害！

可也就是在花兮这么想着的同时，燕绥之忽然抬起手来，扣住她的后脑——

如果说，上一次的吻，是他不知为何生出的冲动，那么这一次，便是在她动作之后，他接上的本能。

本能地想要更靠近她，也本能地不想让她靠近别人。

虽然，他也知道，花兮不可能是他一个人的。

燕绥之皱了皱眉，将这个吻加深。

不得不说，在这一方面他实在很有天赋，明明什么经验也没有，什么事情也不懂，什么东西都没有学过，却依然能把怀中的人给弄得无力反抗，只能偎在他的臂弯里，扶着他的肩膀借以支撑。

也许这样的感觉因何而来、代表什么，他自己都讲不清。

但那些真的重要吗？

背后的缘由，永远抵不过心头一时的情愫，也永远抗不过这样的冲动。

如此说来，管他懂不懂、理不理得清楚，现在如何想，便如何做吧。

其他的事情，日后再说也不迟。

不知过了多久，花兮从燕绥之的怀里挣脱出来。

她的唇色很红，眼睛里带着些许雾气，看上去迷迷蒙蒙的，倒是有几分可爱。

然而，她的第一反应还是看他。那样直白又刻骨的眼神，径直把燕绥之看得别过头去，只露出一对尖尖染着粉色的耳朵。

“嘻嘻，你还是你，你没有变呀。”花兮笑得不怀好意，“瞧你方才的模样，我还以为你被什么东西给附身了呢。”

燕绥之低了低头：“没有，我还是我。只不过，借着今天，说了些平时不敢说的话。”强自咽下一句，也做了一些平时不敢做的事。

平时不敢说的话？花兮歪了歪头，饶有兴趣地望他。那些他平时不敢说的，倒是叫她听了温暖舒心。

“那你还有什么其他想说的吗？快讲出来让我高兴高兴。”

少年抿着嘴唇，满脸严肃：“还有一件事。”

花兮玩着燕绥之的头发，笑盈盈地望他：“什么？”

“迟玖，”燕绥之说得很缓，却又很坚定，“能不能让他离开？”

他知道花兮不喜欢别人来左右她的决定，因此，这一阵子，虽然不痛快，但他也强忍下来。可是今天，他实在有些忍不住了。

那个人分明对她防备，又凭什么得到她全部的关注？

她的身边应该只站着他才是。

兴许没有想到燕绥之会提这样的要求，花兮一愣，很快又朗笑开来。

“唔……小燕燕啊，你这副样子，真是可爱死了，可让我爱死了。”

反倒是这时候，燕绥之沉默起来。

“这句话，你是不是也对迟玖说过？”

花兮毫无知觉："算是口头禅，对许多人都说过，不过，我所有说过的对象里，小燕燕啊，你是最可爱、最招我爱的。"

燕绥之脸色稍缓，却不妨下一刻，花兮撒手转身——

"这是目前为止啦。但将来的事，就说不定咯！"

燕绥之看着花兮蹦蹦跳跳消失在山坡上，面色阴暗不明，最终却还是笑笑，追了上去。

罢了罢了，她是怎样的性子，他还不知道吗？

再说，未来有什么准的？

他不会让她有机会改变。

绝对不会。

5.

当夜过后，迟玖和燕绥之都默契地选择对那天发生的事绝口不提。

而花兮不过歇息了一个晚上，便恢复了元气，兴冲冲地大手一挥，买了十几包零嘴驮上了驴背，随后便带着他们继续赶路。

行了十几日，看够了山明水秀，走过了草长莺飞。

这天，伏在毛驴上，花兮一脸无聊地顺着毛驴的脖子撸着，嘴里不停念叨。

"好无聊啊，这样一直趴着好无聊啊……"

走在她身侧的燕绥之，转过头去："要不要下来走走？"

"不要，走路太累了，我还是趴着吧。"花兮说着，把头转向另外一边，直直望向牵着毛驴的迟玖。却不想，她刚刚望见他，燕绥之便绕过来挡住了她的视线，花兮有些无语。

"为什么我转一次头你就换一边走？"她问。

燕绥之掩唇轻咳："我……我不过是在那边走得有些无聊，随便绕一绕而已。"

花兮"唔"了声，不再理会，只是动了动脖子，朝着迟玖的方向唤着："迟玖，小迟迟，小玖玖……"

不知道唤了多少声，迟玖才不情不愿把头转过来。

"怎么了？"

"没什么呀，叫一叫你嘛。"花兮笑出一口小白牙，稍微把上身立起来些，"话说，前几天你把我往相反的方向带，我都没怪你，可你这是什么反应？尴尬还是羞愧，或者被拆穿了觉得很丢脸？怎么这几日都不肯同我说话了呢？"

迟玖抿了抿唇。

而花兮还是念着："我说，你就对我这么不放心吗？我没有骗你，我去魔教是真的想帮忙的。你也知道，现在武林上在集体声讨魔教啊。这种时候，多个人多份力气不是？你怎么就这么不想我去呢，怎么这么防备我呢？"

迟玖握着绳子的手僵了僵，依然不语。

"唉，我虽然看上去不像是那样热心的人，可是……哦，我好像本来也不是那么热心的人。但这次不一样呀，我可是难得行侠仗义一回，你不能打击我的积极性啊。”

行侠仗义有许多种方法，在这条道上，稍微做些好事都能被算进去。然而，“帮助魔教”绝不可能被算在里边。相反，应当要用狼狈为奸、同流合污之类的形容词才对。

迟玖牵着毛驴，听着花兮这么念了一路，在走到溪边的时候，终于停下。

“花兮姑娘，我这个人是很认死理的，你对我有救命之恩，我不敢忘，不论你有什么要求，我都会尽量满足，可若事关师门，便另当别论了。我是来自那里，也属于那里，可恩情只关我自己的事，一码归一码，混不得一起。”

花兮摇了摇头：“小玖玖，你真是个警惕的人，也很认真。”她托着腮，“这样的人，唔，挺有魅力的。但你不信我，我还是有点儿伤心。”

大抵是花兮把注意力放在迟玖身上太长太久，叹完之后，才发现燕绥之这一路上都没再说话。

“咦，小燕燕，你怎么了？”

燕绥之原本握紧的拳头松了松。

“没什么。”他说着，瞥向迟玖的眼神却让对方不由得一怔。

“真的没什么？”

“没什么。”燕绥之垂下眼。

花兮点点头：“嗯，不说就算了。”她讲完，又转了回来，“小玖玖，就算你不想我去，我也是要去的，但你这样妨碍我，时间久了，我会很想打你。所以，现在，你走吧。”

话音一落，身边的两个人都僵住了。

但是，一个只是意外，一个在意外之外，还带了些惊喜。

“什么？”迟玖有些不确定。

花兮跃下毛驴，稳稳落在地上，并没有注意到身后燕绥之下意识地伸过来想扶住她的手。

“我的意思是，你现在自由了，走吧。”她从迟玖的手上接过牵着毛驴的绳子，交给燕绥之，“咦，你这又是什么表情？一半笑着一半失望的，莫不是你舍不得小玖玖？”

燕绥之嘴角抽了抽：“不。”

怎么可能舍不得？事实上，他从花兮捡到迟玖的时候，就一直盼着迟玖离开了。如此，当然会惊喜，而在惊喜之外，那些失望的情绪……

或许，是因为她的强大吧。

对啊，花兮在他眼里是很强大的一个人。虽然平素懒了一些，可她并不缺乏自保之力，而且，不只是不缺乏，这江湖之中，能够打败她的人，都是少之又少的。偶尔，他也很想像外边说书人故事里那样保护她，只是很可惜，她好像用不着他。

打架的时候不需他帮忙，从高处跳下，也不需他搀扶，就算什么时候不小心被绊个踉跄，也很快便会身形稳稳站定。

花兮啊，哪里都用不着他。

他甚至毫不怀疑，只要出现了一个比自己更能逗她开心的人，他便会连存在的必要都没有了。就像迟玖刚刚到来的时候一样，她会把所有的注意力转移到另一个人的身上。

而依照她的条件，她的身边，绝不可能只有他。

不论过去还是未来，都不可能。

只是，知道是一回事，期盼又是另一回事。

此时，燕绥之尚且不明白自己的心意，灵台也稍微有些混浊不清，却已经种下了执念的种子，满心想着的都是那一个人。

也希望，在她的身边，只会有自己一个。

6.

“可是，花兮姑娘……”

“嗯，不愿意走？”花兮笑得玩味，“还是想明白了，准备给我带路？”

迟玖微顿，拱手弯身一礼。他的声音有些沉，因此，说什么都让人觉得很稳。尤其这个时候，他满是认真，又作着揖，更叫人感觉到他的真诚。

然而，他说出来的话却与他做出的这般姿态有些出入。至少，燕绥之觉得自己听得很不舒服。

“虽然这么说可能会显得有些不近人情，可如今事态紧张，我也实在无法只因为谁的一句话就这么相信了。倘若花兮姑娘是真的有心相助，那么在下非常感激，只是，我教当下实在冒不起这个险。”他垂着眼睫，“花兮姑娘于迟玖有恩，只要姑娘不对师门做些什么，在下也不会对姑娘做些什么。”

“你……”燕绥之貌似有些生气，刚刚站出几步，却被花兮拦了回来。

或许是因为彼此都有自己的阵营，对于迟玖的谨慎，花兮还是很能体会的。不止能够体会，而且有些欣赏。

本该如此，对于一件重视在乎的事情，不论是谁，都绝不可能轻信于一个不认识的人。如若只是认识几天，听了看了对方，就能够相信带领，那么，那个人也干不出什么事情。

“扑哧……”花兮挡在燕绥之身前，对着迟玖笑了笑，“小玖玖，你这副样子，真是可爱死了。你说，你怎么就这么招人喜欢呢？”

燕绥之的瞳色很浅，看上去总是叫人觉得透亮，和他的性子、他的人，配得很。可在这个时候，那双眼睛因为垂着的缘故，被笼上一层阴影，颜色也显得深了起来。

迟玖不为花兮的话语所动，只是继续保持着低头拱手的动作：“这几日，若是在下有什么逾越的地方，也还望姑娘谅解。”

他口中的逾越，应该是指将他们往相反的路上带，并且私下给教中发报密函，防备着他们的事情。这些东西他都做得很隐蔽，而他是做惯了这一类动作的，按理说，应该没有人能够发现。可按理是按理，现实是现实。

虽然花兮什么也没有说过，但他直觉，她是知道的。

“嗯，你没什么逾越的地方，丝毫没有。不止没有，而且死板，所以啊，有些无趣。”花兮装作听不懂的样子，撇撇嘴，“不过你也应当庆幸自己的无趣才是，否则，我也不想就这么把你放走，毕竟人多了才热闹。”

迟玖微顿，并不回答。他只是将头点了点：“告辞。”

而花兮满脸轻松：“回见。”她重又跃上毛驴，“对了，那个回见应该不久，过一阵子，等到了你的地方见咯。”

迟玖眯了眯眼睛，足下一点，几个起落消失在了远方。

第六章

DILIUZHANG

小燕燕啊，那你还真是个天才。
天才到……不像人类呢。

1.

说起来，迟玖离开，燕绥之应该会开心才对，可事实上，他却越发闷了起来。

不过，那个“说起来”是为什么这么说呢？为什么迟玖走了，他该要开心？

燕绥之提着帮花兮打的酒，踏着凉凉月光，一个人走在夜色里。面对自己给自己提出的问题，他百思不解。

同魔族的有感却薄情不同，精魅是一个很迟钝的物种，他们很难意识到自己的感情。也正因如此，往往他们在察觉到自己想法的时候，便已经陷得很深，再出不来。

或许便是因为这么个道理，外边那些说书人，总爱说精魅的故事。

因为有着这样的一个特点，所以，他们的感情，总是很让人揪心的，不管说出来还是写出来，大家总是爱听。

“算了，不想了。”

他想了许久都没想出来，只得对自己说，不要再想了。

倒不是不想面对、在逃避什么，只是，他有预感，这个问题的答案超出了他现在对外界的认知范围，想了也是白想。与其费这个心思，不如放弃，顺其自然就好。等该知道的时候，自然也就知道了吧。

可那个时候，又是什么时候呢？

他叹口气，又走快了些。两个吻，这么多复杂心绪，该想明白了。

只是现在不得闲，没那么多空来想，毕竟她还在等他。

“喂！”

在燕绥之加快脚步的时候，身侧上方传来一个声音。他顺着声音来向望去，只见屋檐上立着一个人影。她的身后便是月轮，因为逆光的缘故，整个人都显得黑乎乎的，薄得像一线影子，唯有被银光勾出的轮廓泛着些红。

“你动作怎么这么慢？我等你许久了，甚至都睡醒了一觉，你竟然才走到这儿。”花兮环了手臂，似是不满，却又在燕绥之那声道歉出口之前摆摆手，“不过算了。”她蹲下身子，抱住膝盖往下探，“你要不要上来？”

提着酒壶的燕绥之微微抬起头，面上覆了一层月辉，那光色将他的眸色映得更浅，面上也是一片霜白。他看不清她的表情、她的模样，可不论何时、不论如何，只要是对着她，他就会不自觉把神色放得温柔。

燕绥之微笑，对着她点一点头，下一刻，那个女子便向他伸手，红绸自她袖中展出，直直卷上少年的腰身，而她不过这么一收，就将他卷上了屋檐。

花兮的动作很稳，将他放得也很稳。

却没有想到，燕绥之在落地的时候，还是被绊了一下。花兮毫无准备，下意识拉住他的手，丝毫没有注意到燕绥之眼中那一抹算计。

顺着她的力道往那儿一靠，燕绥之将她抱了个满怀。

他的眼底带着些许得逞的笑意，面上也划过一点点的小得意，嘴里却念着：“好险好险，从这里摔下去可不是什么好玩的事情……”

而花兮惯常把他当成孩子，毕竟自己比他长了几千近万岁，也没往别的地方想，只以为他是吓着了，于是轻轻拍着他的背。

“好了好了，这么大的人，怎的这般胆小。”

燕绥之被花兮推开了些，在离开她的那一刻，瞬间便换上了委屈巴巴的表情。

他站开了一点儿，牵着花兮的手却不肯松。

“我素来胆小，你又不是不知道。”说完，往下看了一眼，燕绥之头晕似的立刻蹲下，“这里好高。”

这样的谎话连他自己都不信，毕竟他装成怕高，也不是毫无破绽的。而那些破绽里边，最为明显的，就是燕绥之曾于断崖边上击落迟玖这件事情。这是恐高的人做不到的。

却还好，她没有多想。

“我说，平时你虽然胆小，也不至于这么娘兮兮啊……”花兮随口念了一句，在燕绥之嘴角一抽的时候，轻轻挑眉，“哟，等等，你这是怕高啊？”

少年既不点头，也不摇头，只是垂着眼睛，一边死死拽着手里的酒壶，一边紧紧牵住她的衣袖，看上去非常惹人怜爱，也叫人看不出他的情绪。

倘若说花兮有什么弱点，那便是她的玩心了。

很明显，燕绥之深知这点，并且每次都利用得很好。

这样的人是很可怕的，你以为自己占了他的便宜，却不晓得，自己的每一个动作、每一个反应，都在他的意料之中，并且一步一步，自己开开心心就往他的圈套里钻进去了。

花兮跟着他蹲下身子，转了转眼珠：“对了，有一件事情，我一直想问你，只是总是不记得。小燕燕，你为什么那么想让迟玖走呢？”

燕绥之缄默不语。

花兮微微皱眉，拿根手指戳了戳他。

“嗯？”

燕绥之依然不语。

2.

夜空里，有一片云飘了过来，薄纱一样遮住高悬的明月。

就在这浅浅光色下，红袍女子勾唇，笑得狡黠灵动，接着伸手一提就把少年提上了一棵树。那棵树很高很粗，便是接近顶端的分枝都能承载两个人的体重。

而那原本在空中掠过的两人，此时，就停在这一枝上。

这树的树冠很是茂密，偶尔起风，细碎的枝叶便会扫在他们脸上。

花兮低头，望着箍住自己腰身不住发抖的少年，心情大好。

“现在怎么样，要不要回答我？”花兮单手扶稳了少年，“你为什么，那样想让小玖玖走呢？”

可就算是站在了这个地方，扒在花兮身上的燕绥之，仍是一句话都不说，像是打定了主意不论如何都不回答一般。

花兮无奈，只能放弃。她轻轻一叹：“算了算了。”继而拍拍他的肩膀。

“喂，我说，你不要每天都跟个小屁孩似的，看见什么都怕，行不行？”她从少年手中抽出了酒壶，轻轻松松拍开壶口的泥封，“我带你来这些地方，就是想让你看一看高处的风景，你这样眯着眼睛，多浪费我的心意啊。”

可少年恍若未闻，反而将她搂得更紧了一些，紧得让原本毫无压力逗弄着的花兮都忍不住皱皱眉头。

“那个，你松一松，我都快喘不过气了。”她说着就要去扒他的手。

但少年伏在她的肩头，声音闷闷的：“不，不松。松开的话，我就掉下去了。”

这话里满满的孩子气，让花兮听得哭笑不得：“又不是让你放开，只是你搂我这么紧，我有些难受。”

还好，他虽然害怕，却并不是听不进去话的样子。在她说完之后，燕绥之将力道放得轻了一些，她也终于得以正常呼吸。

在心情平复了一些之后，花兮喝一口酒，另一只手随意搭上他的肩膀。

“小燕燕啊，我有一个事情特别好奇，特别特别想要问你。”

燕绥之闷闷应着：“嗯？”

“我听说你是玄玉门的人，也知道，那什么玄玉门，素来被传武艺精绝，功夫高超，能进去或者是出来的，即便是外门弟子，也是万里挑一的存在。这样说起来，实在很厉害。”花兮顿了顿，“可是，你作为新入门弟子，不但没有参加多久的修习，还直接被挑出来，参加这一次对抗魔教的行动……”

花兮不擅长拐弯抹角，这一次却不想明说，只能想着办法兜圈子。

她非人类，不懂功夫，自然也不知道该怎么看人。可不论是哪一界，强者身上的能量都是一样的，总归会比寻常人要明显一些，除非刻意隐藏，否则很好分辨。

但她从没有在燕绥之的身上看见过什么与其他人不同的地方。

要说最初，她觉得他是刻意隐藏还有可能，可到了现在，他们几乎是朝夕相对，加之她有过刻意观察打探，在这样的情况下，不可能一点儿马脚都不露。所以，他要么是个寻常人，要么，便可能不是人。

前者，不需多想，花兮便将它否定了，而后者……

花兮有些怀疑，不怎么愿意相信，却又在联系到某一个夜里若有若无的灵息飘来的时候，恍惚了一下。

“所以啊，小燕燕，这是为什么呢？”

燕绥之依然抱着她，依然是那样闷闷的声音：“我也不知道具体是为什么。只是那日我想救迟玖，却失手将他弄伤，门派长老见状，拉着我询问一番，说是怕我独自一人遭到报复，便让我入门，跟随他们了。”他说着，顿了顿，“大抵是为我着想吧。”

的确，那位长老是为了燕绥之着想，从他的角度来看，少年独身在外，重伤魔教护法，这不是什么小事，后续会如何，谁也都不清楚。但魔教那样的地方，恐怕是个人都锱铢必较，手段皆是狠辣，他这样离去，难免不安全。

可这就是让他入门跟随的全部理由吗？

当然不是。若那长老只是怕他有危险，让他跟在身侧就行了，为什么一定要收他入门呢？花兮想，恐怕，他们看中的，还是燕绥之的能力。

而那份能力，足以让他们打破所有规矩，避过那些程序，直接将他收下。

可是这样的能力，花兮从来没有看见过。是啊，燕绥之自始至终不曾在她面前与谁动手，是以，她完全无法判断，他用的，到底是灵力还是武功。

花兮略作沉吟，实在受不了那样扭扭捏捏的表达方式："那你的功夫呢？是和谁学的？"

燕绥之微顿："倘若我说我生来便带着它，你信吗？"

这样的话，听在别人耳朵里，兴许他们会以为是敷衍，可花兮见过的稀奇人事实在太多，从不会在没根据的情况下，因为一件事自己没有听过，便觉得对方是在骗她。她只是有些奇怪。

奇怪，人界也会有这样的事情吗？能够生来便携有这样的能力？

"真的吗？"

"嗯，真的，我生来便带着这样的力量。"

在她看不见的地方，燕随之微微皱了眉头，薄唇也抿成一条直线。他不想骗她，因此不说其他，而那句生来如此是事实，算不得欺骗。

他虽然生出灵识不久，至今也算不得知道多少东西，但有一点他很清楚，便是这样的身份，是不能轻易透露出来的。

花兮再怎么强大，与他也不是一界的人啊。

很可惜，魔界灵力非常，却是无法读透人心。她看不见他的挣扎，也不晓得他的担忧。

闻言，花兮只是眸色一暗："小燕燕啊，那你还真是个天才。天才到……不像人类呢。"

少年一愣，还没有反应过来，便感觉到环住自己的手一松，接着，有一个力道，顺着他的左肩一推，他就那样从树上跌落下去——

燕绥之其实是不怕高的，这样的高度，对他也没有什么威胁。他会假装成那样，只是为了多靠近她而已。

可是在这个时候，在他被她从树上推下的时候，他却感觉心底一凉，整个人都冷了起来。她为什么会推他?

他的心里只有这一个疑问，很单纯的问题，没有想过要解答，只是一直念着，一直一直盯着她。在下坠的时候，他的后背擦过无数枝干，磨破了他的衣裳，让他整个肩背都生疼。他眼看着自己与她渐渐远离，眼神里有迷茫不解，有不可思议。

但花兮只是那样看着他，一动不动地看着他，直到他即将坠到地上，才终于眼睛一眯，俯冲下去，稳稳将他接住。

燕绥之没有生气，没有惊慌，只是在花兮接住他的时候，下意识地拥住了她，那般模样，宛如一只软萌委屈的小动物，在全心信任着、依赖着她。

他把她抱得那样紧，生怕再次被推开。

花兮见状，心底也不由得一软，自然也便没有去计较燕绥之的动作。她一下一下地顺着他的背脊："对不起，吓着你了。"

燕绥之摇摇头，抱着她，本想说自己即便摔下来也没有事，但话到嘴边，又变成了："我知道你不会看着我死。"

在听见这句话的时候，没由来地，花兮觉得自己的心莫名动了一动。

她对这种情绪很不熟悉，它像是有自己的思绪，能够左右她的想法，叫她变得不像自己。花兮对此有些抗拒，却实在不知道，这情绪是从哪里生出来的。

心底不适，却没有表现出来，花兮只是弯着眼睛扯开话题："对啊，的确不会，如果以后有这样的事情，我会别开眼睛的。"

燕绥之听了这句话，没有别的反应，只是手臂一收，将她揽得更紧了一些。

"人都是会死的，对不对？"

原先还在嬉皮笑脸的花兮，听到这句话之后，那抹笑，忽然就僵在了脸上。

人都是会死的……

对啊，人都是会死的，他们的生命极为短暂，最长最长，也不过百年而已。而一百年，在魔界又是什么概念呢？出去游玩一遭、吸纳灵气充盈自身，或者入定小段时间之后醒来，不过如此而已。

他们的一世，只是他们的一瞬啊。

——人都是会死的，对不对？

这句话，花兮没有答，她原本想说一些叫他放松的话，也不知为什么，卡在了喉咙里边，上不去下不来的。两个人因此陷入一种奇怪的氛围之中，谁也不先开口。

3.

精魅生来便是狡黠聪慧的，燕绥之自然也不例外。

只是，毕竟是山中精气凝聚而成的灵魄，在初开灵识之际便离开了化身之所，没能完善自身修为，这样的话，难免会对他有些影响。却还好，随着时间过去，他慢慢学会了从草木身上吸收类似的灵气以补全自身。

而因着这一份补全，燕绥之便如一个在不断成长、且成长速度很快的孩子，不仅在这一方面日益成熟，心性也离遇见花兮时候的他越差越远。

然而，无论现在思维如何，在她的面前，燕绥之始终还保持着她习惯的模样。

不得不说，虽然这样的假装为人不齿，可如果只是做出害羞的样子，就能让她放下防备、主动靠近他，也更方便他的亲近……

那也没有什么不好的。

牵着毛驴跟在花兮身后，燕绥之望着一只手拿着糖葫芦，一只手拿着糯米糍的花兮，眼底带着的温柔和宠溺几乎要化成实体溢出来。恰是这个时候，花兮回头，看向他。

她在燕绥之的眼底，看见了一些叫她读不出来也想不明白的东西。

花兮歪了歪头："干吗这么看着我，呀，你是不是想吃糖葫芦？"

大抵是没有想到花兮会忽然转身，燕绥之微顿。接着，他带上了些许的委屈："嗯，看着你吃，我也有点儿想吃。"

"咦，我就随便问问而已，你还真的想吃啊？不用这么给我面子的。"花兮这么说着，故意把那串糖葫芦拿到他的面前去转了一圈儿，在看见他跟着糖葫芦转动的眼珠的时候，她笑得开心，顺势就咬下来了一颗，含在嘴里，把腮帮子塞得鼓鼓囊囊，"这个糖葫芦真是好吃，外边的糖衣裹得这样脆，里边的果子也很新鲜呢。"

花兮笑得像只叼着肉块的小狐狸，声音因为发不出而显得含含糊糊、有些奶气，燕绥之听着看着，只觉得可爱，可爱到让人有些想笑。

然而，此时的他，却只能强压下嘴角，做出不开心的样子。

他可怜兮兮又满脸无辜，睁着一双眼望着她。

"怎么，真的这么想吃呀？"花兮又将糖葫芦晃了晃。

燕绥之其实不喜欢这种带着酸味的东西，他的嗅觉天生灵敏，对这个味道有些受不了。他只是喜欢配合她罢了。

"嗯。"燕绥之老实点头，"想吃。"

花兮闻声，笑得越发欢畅，又叼下一颗含在嘴里，嚼着嚼着，转头就走——

“就不给你！”

在花兮看不见的地方，燕绥之终于绷不住，笑了出来。

他知道，她只是喜欢逗他，除此之外，对他没有其他感觉。他也知道，或许在他所不知道的地方，花兮有许多追随者，不论过去还是未来，她的身边永远不可能只有他一个人。

可知道如何，不知道又如何呢？

至少，在这个时候，她的身边只有他，她的眼里只映着他，她只能听到他的言语，也只会将他说的话听进心里。这样对他而言虽远远不够，却已经可以让他稍微满足。

而未来的事，发生之后再说也不迟。

燕绥之走着走着，忽然看见在他身前站定的花兮。

女子回过身来，递给他半串糖葫芦：“喏，虽然刚刚是骗了你，但并没有骗得太多，你可不许生气！”

“嗯。”少年低着头，接过那半串糖葫芦，脸颊泛起浅浅的粉色，看上去无害又可爱，很是吸引人。

花兮见状，不由得凑近了些，掐了他一把：“啧啧啧，这样嫩又这样容易害羞，你以后可怎么娶媳妇儿？”

在花兮的话音落下之后，原先还心情不错、带着笑意的少年，陡然间手指一僵，唇边的弧度也变得不自然起来。

而花兮很明显误解了这个反应：“哟哟哟，我这不过一说，你就这么害羞了，万一真的到了那一天，你该怎么办呢？”她搓着下巴，像是真的在为他担心，“你该不会，全都让你媳妇儿主动吧？”

在燕绥之垂着的眼帘下，有极浅的微光闪现，乍一看去，竟是带着侵略性的危险。

可在少年刻意遮掩下，花兮并没有看见他的情绪。她能看见的，只是他握着糖葫芦笑得腼腆的模样，仿若真正不好意思的纯情小少年。

“不会的。”

“不会，什么不会？”花兮弹了一下他泛着粉色的耳朵。

燕绥之握住她作乱的手：“不会让媳妇儿主动。”

他的话里似有深意，却叫人探究不出。至少，花兮是没有听出来的。

可也就是这个时候，燕绥之忽然又想到，如果真能逗起她的玩心，由她主动，感觉或许也不错。望着被他握住却还不安分，试图挠他掌心的手指，燕绥之的眸色越来越暗。

“哦……”花兮拖长了尾音，拍拍他的肩膀，像是在为他打气，“成长的道路啊，对你而言，还有很长很长一段呢。”她说着，又拍拍胸脯，做保证一般，“不过没关系，老师会教你的，加油哦！”

说完之后，花兮蹦蹦跳跳地便离开了，毫不理会被她留在身后的燕绥之。

不得不说，老天的确是公平的。

它给了花兮天生强劲的灵力、坚韧不拔的性子，给了她机缘和考验，让她成为六界至尊之一，便在同时，收回了她本应获得的情商，让她看不懂任何明示暗示。除非对方和她说得明明白白，否则，她便会一直蒙在鼓里。

甚至于，包括她自己。

只要没有人点醒她，她可能一辈子都不会知道，自己的心情是怎么回事，在方才，她又为什么会把自己最喜欢吃的东西分一半给燕绥之。分明她不是这样大方的人。

在原地站了一会儿，燕绥之瞥一眼那半串糖葫芦，学着她的样子叼下一颗，继而又抬起头来，习惯性用目光追随着她。

原先还有点儿担心，但现在，他有些把握了。

他想，也许，他是可以一直留在她身边的。

第七章

DIQIZHANG

这样的话，她便会将全部的心力
都投放在他的身上了。

1.

花兮总是一副万事不挂心的潇洒模样，看上去，像是除了美食美景之外，其他不管是什么东西，她都没有太大兴趣。

最初，燕绥之也是这么认为的，好像这世界没有什么能让她放在心上。现在，他却隐隐感觉到，也许别的都不打紧，但不知道为什么，只要事关“魔教”，她便会变得很是敏感。要说具体体现在哪儿，或许便是，不论是谁在讲话，只要沾了这两个字，她的注意力便会瞬间被那个人吸引，神色也会因对方说话的内容发生些微妙的变化。

这种变化，在他们遇见走水的村落之后，出现得更为频繁。

虽然不知道她那日是怎么了，但燕绥之心想，她那日应该是在他到来之前碰见了些什么他所不知道的事情。那一夜的花兮，实在有些反常。

燕绥之摇了摇头，不再想过去的那些事情。

然而，因为不管在什么时候、什么地方，花兮永远都是笑着的，她情绪上的变化很是细微，细微到很难被人察觉到她的变化。可即便如此，就算别人感觉不到，但对于时时刻刻都注意着她的燕绥之而言，却是轻易就能够发现。

便如此时。

原先还兴致勃勃在小摊前挑着小饰物的花兮，在听见不远处的酒肆里，某个大汉言语的时候，眸色瞬间便冷了下来。她笑意不减，却在转身的时候，眉眼间染上了几许凌厉。

说起来，近日里，江湖之中最大的传言，便是关于一个红袍女子。

大家都说，不管在哪儿，只要看见身着红袍、五官艳丽的，甭管认没认错，都不要轻易招惹，若是惹上了，能躲就躲，不能躲了，也尽力躲。

在这种难得安定的地方飘荡，为了理想、为了实现自己抱负的人不是没有，但更多的还是为名为利。在那些人里边，连为了自己立场的人都少。而对于他们来说，追逐的东西固然重要，但更重要的，还是这条命啊。

而只要是在生死面前，怎样的选择都会有人理解。

因为，不管发生了什么，道理都是一样的——

失了面子事小，丢了命才最大。

偶尔也会有年纪小些、心气高的，这样来问。他们会疑惑，前辈们都不是没有本事的人，对方又不过一个女子而已，再怎么可怕，奋力一搏也未尝不可，为什么要跑呢?

这时候，总会有年长些的跳出来解释和提醒，因为啊，那个女子，不只是担着魔教教主的身份，更可怕的是，她还是个疯子。比历任教主都更加不按常理出牌、每次出手必定狠辣，招式诡异、行为无常，是一个嗜血的疯子。

只是，江湖里传得再怎么风风雨雨，这些东西与寻常百姓毕竟没有太大关系。

故而，花兮一路走来，除了那些江湖人见之色变，互相报信，倒是没有什么别的事情发生。却很可惜，这一路上她玩得开心，那些江湖人倒是日日提心吊胆，生怕碰见了这个煞星。他们也分析过她的路线，但她从没有按照他们的分析走过，行动又很快，时常今天在这个镇上，明日就出现在了另一处游玩，每每叫那些或躲她、或不要命想围剿她的人措手不及。

不过，如果他们真能掌握她的行踪，那花兮也就不是花兮了。

或许便是因为百姓不熟不知，所以，即便她今日出现在了这个地方，街上来来往往，也没有人觉得她多稀奇。哪怕真有些别的反应，也只是觉得这个姑娘生得好看、穿得特别，并没有其他意思。

否则，只要有个闯荡过的人见着她，都不会这样，没有一点儿声响。而只要有一点儿动静，那汉子恐怕都不会这样大声讲出那一番话。

可惜了，外边什么事情都没有，而那个酒肆外边有草帘遮挡，加之汉子背身对着外边，在他所坐的位置上，是看不见花兮的。

于是，坐在那儿的汉子，将自己放松得很厉害，酒喝得多了些，顺理成章也就忘记祸从口出这个道理。

倏地阵风刮过，卷起风沙落叶。

那汉子放下酒杯，揉一揉眼，再度睁开的时候，因是低着头的，首先看见的便是杯子里被风刮进去的枯叶。

他骂骂咧咧地将枯叶挑出来："丫丫个呸的，这叶子也真是会挑地方……嘿，白白浪费老子一杯子的好酒！你们讲，这酒还能喝吗？！"

这些话问完之后，周围的反应却不似以往，他没有得到周围人的回应或附和。也是这个时候，他才发现酒水不复之前透亮的原因，除却被弄脏了之外，还有一个，是有黑影遮住了光。

汉子疑惑，顺着黑影的来向抬头，这才发现，身前不知何时多了一个人。

眼睛陡然睁大。

他狠狠揉了一把，几乎把眼睛都揉花了，眼前的人却还是站得好好的。这不是他喝多了的幻觉，那个人，是真的出现了。

红袍女子微微扬了扬下巴，容貌和传说中一般绝色，身上带着几分妖异的魅惑。而在她身后，是与她气质相悖的少年，汉子想，那应该是玄玉门的小弟子。

可又觉得有些不对劲。

在他的理解里，那位小弟子被掳过去，应当与她很不对付才对。可此时，那小弟子盯着他的眼神与对她的态度……这少年分明是站在那女魔头那边的啊！

这时候，店小二觉得好像要出事，心里发怵，小心翼翼地退了出去，想去街角叫老板回来，却在门口撞见一个男子。那男子玄衣墨发，眉眼深邃，气质温和，只是，唇边那抹似有若无的笑意，又偏生带着点儿危险的意味。

常年干着这份活，小二哥最是会看人。

仅此一眼，他便明白，这位公子不是普通人。

他弯着腰对公子笑："爷是来喝酒的？"

原以为他应该不稀得搭理自己，却没想到，那位公子瞥他一眼，竟开口回答了："不，只是看热闹。"

现在还留在这里的人，大多都是看热闹的，并不稀奇。只是，小二哥下意识就觉得，这位公子应该不是个喜欢看热闹的，这实在同他周身气质不搭。

他半晌不晓得该回什么，又觉得不回答似乎不大尊重，于是支支吾吾：“那……”

“你不是要出去吗，去吧，不必管我，我站站就走。”

小二哥连忙点头哈腰：“好嘞。”

低着头退出门去，小二哥这才发现，自己不知何时，竟是已经出了一身冷汗。分明那位公子待人随意，自己也不过就同他讲了这么几句话，怎么就出了这样一身汗呢？

小二哥想不通，却也不敢再想，只是步子急急地冲着街角的赌坊跑去，想着得赶紧把老板叫回来。这般情形，再不叫回来，可能就要出大事了。

2.

嘴角微勾，花兮捻了捻指尖被溅上的酒水，继而把手往边上一扬。还没讲话，少年便极其自然地帮她擦拭干净，眉宇之中甚至带着几分温柔。

这一幕，让汉子看得心凉。

虽然不愿意承认，但在这些人里边，武力最高的，恐怕便是这个玄玉门弟子了。而今，他竟然和这个女魔头站在了同一阵营……

然而，还没等他心惊完，红袍女子便开了口。

“不论是什么东西，带上‘魔’字便代表它是歪斜之物？”花兮的声音不像一般女孩软糯，相反，只要不带笑意，便总带着寒凉，像是千尺冰潭下冻过的一样，除了冷彻之外，更是有一种不怒自威的震慑感。

她低低笑了一声："呵，这句话谁说的？"

在这样的情境下，汉子早醒了酒意，也失了原先意气，哪里敢回答什么？

他打小就自个儿在外边漂，听过不少事情，真正见过的却没有几桩。他知道这个世道是什么模样，也清楚自己具体几斤几两。因为善于察言观色，所以，即便没本事，混得却还不错，欺善怕恶惯了，也就有了几分奢气。

在他的认识里，有些话，随便讲讲、过过嘴瘾还行，真要碰见个什么事，他还真是惹不起。不过，在此之前，他也是真的没有想过，自己真会有遇见个事儿的一天。

"我，我我……"

汉子想要辩解，想说些讨饶的话，但因为紧张，即便张着嘴也一句话都说不出来。

"哟，你？"花兮瞧见他的样子，眼底透出几分轻蔑，"也不知道该说你的胆子大还是小。说你不错呢，趴在这儿哆嗦的样子，又叫人碍眼；说你诚实呢，你这又好像不是想说这个话的……"

汉子恢复几分理智，他看着花兮脸色，心下思量，觉得在这样的情况下，实实在在招了，后果应该比打死不认要好些，于是稍微给自已壮了壮胆。

他低着头："是是是，是我。但我那句话是无心的，姑娘，姑奶奶，姑奶奶饶命啊……"

"我没有打算杀你。"

花兮淡然陈述，顺手摘下落在自己肩膀上的细小枯枝。还不等汉子松口气，她又出手，将枯枝向他甩去。

枯枝破风，自上而下没入汉子的嘴唇，将他的上下嘴唇连着下巴串在了一起。

"我没打算杀你，可教训还是应该给的。不然，你怎么能记得住，什么能说，什么不能说呢？"

花兮难得笑得纯良，可也就是这般机灵的模样，看在周围人的眼里，却是比之前更加叫人心惊。

"你讲呢，是不是这个道理？"她转向燕绥之。

燕绥之好似没看见那汉子的凄惨模样一般，只是如同之前一样，握住她的手："是，你说得不错。"

那汉子疼得趴在地上，血流了一地，他摔在那儿，想站起来又站不起来，希望谁能扶他一把，身边却一个人都没有。

也是这个时候，他才发现，自己的穿肤之痛，在旁人眼里，好像只是一桩小得不能再小的事情。说来也是有些可笑，连那个魔头身边都有人站着，他这些一起喝酒的朋友，却连搀他一把都不敢，生怕殃及自身……

呵，果真，他这么多年，或低头哈腰，或耀武扬威，好不容易混到了现在，却还是一句话都不能说，连个屁都算不上。

看见燕绥之的反应，花兮心里的气终于也消了一些。

她哼了一声，发泄完毕，转头便走。

花兮自幼在魔界长大，她不大清楚那个地方在别人的眼里是什么模样，但对她而言，魔界真是最好最好的地方。如果可以，她希望能告诉所有人那里的美好，也希望洗掉所有人心中对它不好的印象。

她会为了维护那个地方，舍身沙场迎战异族，也会为了保护那块土地，扛枪冲锋孤身战妖兽。她能够得到全族的认同，以非继承人的身份担上魔君一位，这并不是没有道理的。

她比谁都更爱那个地方，比谁都希望它好，也比谁都更听不得对魔界的诋毁。

这样的执拗，在她尚未当上魔君的时候，便已经在心底生根，而到了现在，已经发展成了连沾个字都能影响到她的地步了。

花兮不知道这样好是不好，她也从没有想过这个问题，更不打算改。这个世界上，她在乎的东西不多，能够让她为之拼命的便更少了。

其实不是没有人对她这个行为有异议的，只是那些人从不敢说，背地里不敢，当面更不敢。毕竟只要牵及于此，花兮便连异族妖兽都能斩杀，那些人又算得了什么？还有什么好让她害怕的呢？为了这样一桩事情去触她的霉头，实在不划算。

也许是在高处站惯了，花兮知道，这里没有人能够奈何得了她，自然警惕也就不高。

因此，她没有注意，身后那个汉子在痛极了之后变得血红的眼睛，和他手中寒芒闪现的匕首——

“小心！”

那汉子或许是精神极度崩溃，身手比平时矫健了不知道多少倍，但不管他再怎么快，以燕绥之的身手和反应，也是足够将他拦下的。坏就坏在他在去拦的同时，下意识唤出一声来提醒她。

花兮回头，在明白发生了什么之前，她只愣愣地看见那汉子举起的利刃和扑向她的燕绥之，在那一刻，花兮的心底猛地一紧，她赶忙扯住他的袖子想把他拉开，也忘记讲些什么话。

只是，燕绥之平素顺着她，这下却固执得惊人，眼见着挣脱不开，居然顺着她的力道，抱着她转了个圈。这一下子，即便反应再怎么快，时间却也被耽误了。

那匕首在燕绥之的背上划开了很深的一道，血色从他蓝白的衣衫中渗了出来，很快便将后背濡湿成了一片可怕的猩红。那样多的血，只是看着，都叫人觉得疼。

转眼间，花兮眸光一凛，不过指尖几个动作而已，那汉子的手腕处便出现了细细的血线。而下一秒钟，他的眼睛陡然瞪大，竟是不顾被封住的双唇，撕心裂肺地喊出声来，他的惨叫从酒肆向外蔓延了很远，甚至惊飞了树上的鸟儿——

在惨叫声落下之后，汉子的双手就这么齐刷刷落在了地上。

鲜血如水柱般从他的断腕间喷涌出来，溅得周边全是。

然而，原先还站在他前方的两个人却在烟雾漫起之后消失不见了。

大抵是这样的场面叫人太过震撼，于是，大家理所应当便忽略了他们是从哪里消失又是怎样离开的这件事情。

也没有发现，从始至终都环着手臂靠在酒肆门口的玄衣男子，究竟是什么时候不见的。

3.

在此之前，花兮从没有因为魔界之外的事情动过气。或者说，如果将那些人给她惹出的不快全都抛开不算，那么，她便已经很久没有动过什么气了。

也许因为时隔太久，她几乎都忘记了生气的感觉。

却没有想到，在看见燕绥之被汉子刺伤的那一瞬间，花兮只觉得有一簇火苗由脚底直直冲到了头顶上边，径自烧上了她的灵台，弄得她头脑昏沉，整个人都失去控制似的。在她自己都没有反应过来的时候，已是催动灵力，斩断那人一双手腕。

她不是一个多记事的人，也很少记仇，一般来说，不论是什么事情，她都会当场还回去，很少吃亏。而在发泄过后，什么事情也便都过去了。

可这一次，她从他手上堵到现在他伤口结痂，不管用着什么法子，不管怎么转移自己的注意力，就是过不去。花兮并非心软之人，她经历过的断杀抵得过凡世中人数个轮回，不论是血是命，都已经看得很轻。这样的人，断然不会因为一双手而心烦。

可若说不是因为那个汉子，又会是谁？燕绥之吗？

很有可能。

花兮托着腮，神游天外，眼睛却径直盯着半裸上身趴在床上、尽量不让伤口被什么东西碰着的燕绥之。

能够让迟玖从生命垂危中恢复过来，却没有办法让燕绥之痊愈，只能给他起到个促进恢复的功效。她会不会是因为这一点而不开心呢？

好像也不对。

“其实我很早就想问了。你一直这样盯着我，是在看什么呢？”

“你身材挺不错的。”花兮脱口而出，却在讲完之后发现不对。

果然，在听了她的话之后，少年飞快别过头去，耳朵变成了粉色。

“哎哟喂，小燕燕你这又是怎么了？”

花兮觉得，自己可能得了一种病——一种看见燕绥之就想调戏，一将他调戏得害羞，就开始兴奋得忘乎所以，甚至会一瞬忘记自己之前在思考着什么的病。

她站起身，走到榻边坐下。

“没，没什么。”燕绥之依然背对着她。

花兮做摩拳擦掌状，单手捏住他的下巴：“没什么是什么呢？”

“没什么就是没什么。”即便是被捏住了下巴，被迫转过头来，燕绥之依然闪避着视线不去看她。

花兮嘿嘿一笑，本欲再在火上浇一把油，却顾忌着他的伤口没有动弹。

“既然没什么，那你为什么不看我？”她又装出一派委屈模样，“我这样关心你，从你受伤到现在都是守在这儿寸步不离，吃的也没吃，玩的也没玩儿……你却连正眼都不给我一个，哼，小燕燕，你说这像话吗？”

听着她的话音落下，燕绥之勉强控制住自己抽动嘴角的冲动。

说起来，若不是她日夜守在这儿，他也不至于连吸收个精气充盈自身都需要顾忌，也便不会好得这样慢了。

燕绥之有些无奈：“嗯，不像话，我错了。”

“这还差不多。”花兮捏了捏他的下巴，对这样的回答很是满意。

的确，燕绥之不是人类，花兮那些对待人类的促进方法，于他而言自然无用。而他现在暂时有些虚弱，对于她释放出来的细微灵力，当然也感觉不到。

面对着趁他卧床一边一个劲儿调戏自己、一边又担心得不知该怎么办的花兮，燕绥之只能在心里叹息。自己这样，说到底，是因为谁呢？只是，想是这样想，却没有抱怨的意思。这么说起来或许有些蠢，但真要做比较的话，比起他吸收着灵气快速恢复那种方式，他其实更愿意这样慢慢恢复，自然好转。

这样的话，她便会将全部的心力都投放在他的身上了。

然后，他便可以看着她为他动作生疏地煎药、买饭；看着她坐在自己身侧，望着自己发呆；看着她为了方便照顾他，只问客栈老板要一间房，接着，他便可以在她反应不及的时候，给客栈老板一个肯定他猜想的暧昧眼神。

想着想着，燕绥之越发觉得，这般模样，实在是好。

比之前他们在一起的任何时候都要更好。

而那个什么恢复不了的伤口，也就不重要了。

"唔……"

燕绥之猛地一缩，下意识握住花兮在他腰间作乱的手。

"咦，我就是这么试一试，小燕燕你果然怕痒呀？！"花兮一脸恶作剧得逞的表情。

而燕绥之满头黑线。

他倒是不怕痒，只是在没有防备的情况下，被她这样一指头戳中了，条件反射给了反应而已。但看着她这般开心，他又不想去拆穿。

"嗯，有一些的。"燕绥之低眉顺眼承认道。

"哟！"花兮眼睛一亮，赫然是个发现了新玩具的孩子，只见她空出另一只手，"那这儿呢？这儿呢？这儿呢？"

她一边说，一边戳着，也不管自己戳中了哪儿，指的是哪儿，只要看见燕绥之随着她的动作扭动，就觉得有些好玩儿。果然，她的骨子里还是很坏的，喜欢欺负人。

而这样软萌乖巧的少年，真是她见过最适合被欺负的存在啊。如果没有他，想必她也要失去许多乐趣吧。

这个时候，花兮已经完全放下了最初对他的防备，也不再去想，他是不是什么正道上派来盯着她的人。就算再怎么不会看人，再是怎么稀里糊涂，但什么是真的、什么是假的，这个她还能够分得清楚。

在危急关头的反应，最能体现出一个人的心意。

在那汉子挥着匕首朝她袭来的时候，他那样着急地朝她扑过来，为她挡下一击，她相信，那双眼里急切的关心是骗不了人的。即便那匕首对她而言并没有什么威胁性。

唉……这个孩子，也是有些傻气的。

思及此，花兮挠他的动作也放得轻了一些："小燕燕啊，我有话要和你说。"她的动作完全停了下来，"虽然我有时候欺负你，欺负得有些过，可你得记得，我是喜欢你才会欺负你的。你可不许逃了呀。"

4.

燕绥之刚一抬头便对上她略带担忧的眼神，刹那间，心底柔软成了一片。

从来不晓得什么是在乎、什么是害怕的女子，在这时候，面对着少年，好像也忽然有了在乎的东西、有了害怕的事情。

"不会，我也不是谁都能欺负得了的。"

是啊，他从不是任人揉捏的少年，之所以会在她面前毫不抵抗，除了喜欢看她满足的表情之外，也不是没有一点儿自己的私心。他也想借着这样的动作更靠近她，他也想用这样特别的方式宠着她。

可以这么说，被她这样欺负，他不只是心甘情愿，更能算得上甘之如饴。

虽然说起来好像有些奇怪，但只要是她，他又觉得怎么都好。

这个答案明显让花兮很满意也很开心。

她笑嘻嘻地凑近他："真的吗？不管我怎么对你，你都不曾在心底埋怨过我吗？"

"嗯，不曾。"燕绥之撑起身子望向她，那目光极深，像是要把她刻在骨子里一样。

可惜，不过刚刚温存了这么一小会儿，花兮的眼睛里又闪过一抹微光。

燕绥之很明显地在里边看见了算计和逗弄，他的心底又生出几分无奈，却也没有打算拆穿。

"可我怎么知道你说的是真的还是假的。"花兮撇着嘴嘟囔。

燕绥之垂着眼睛，看上去很是乖顺："那你要我如何？"

"这个吗……"

花兮眼珠一转："我一下子也想不出什么东西来证明，但是看你这么可爱，还是勉强相信你好了！不过你要记得，倘若再有下次，你千万别这么犯傻，看见什么都冲上去。这种刀锋对于我而言不过玩具而已，但你这么细皮嫩肉的，你瞧瞧，这么久了都好不了，这才麻烦。”

“记住了。”

可很多时候，记不记住是一回事，会怎么做又是另一回事。

即便她再怎么强大厉害，即便这种东西对她没有威胁，即便他的动作在她眼里只是犯蠢，但若真有下一次，他还是会冲到她的前边，护住她，不管自己会变成什么样子。

“记住了？你的眼睛可不是这么说的。”花兮一手一边掐住他的脸开始晃，“小燕燕你学坏了，你根本就不诚心吗……”

兴许是晃得太狠、玩得太开心，花兮一下没注意，身子一歪就要往榻外倒去。

燕绥之眼明手快，迅速拉住了她，而花兮一个不注意顺势就往这边倒下——

“唔……”

燕绥之半裸着上身将花兮环在怀里，原先半盖着的被子也因此变得凌乱，他背上的伤口被这个力道冲得狠狠撞上床板，似是裂开了，有血染湿了下边的被褥，并且蔓延开来。

花兮一愣，在闻到鲜血味道的那一瞬间，立马便想起身查看他的伤势。

然而，却被燕绥之略显霸道地箍在了怀里。

她试着挣了挣，没有挣开，反倒听见他一声闷哼，弄得她有些不敢动弹，只能任他抱着。

说来也是很奇怪的，从来什么都不在乎的花兮，什么时候，这么会关心人了？又是什么时候，竟然开始对旁人身上的一个伤口这样上心了？

“小燕燕呀，虽然我不知道你这是什么习惯，为什么每次都喜欢把人抱得这样紧，但这次和往常不一样，你这样再压下去，伤口怕是永远都好不了了。”她缩在他的怀里，这么说着，却忽然觉得有些舒服，不自觉就找了个更舒服的位置靠上去。也就是这个位置，她正好听见他的心跳，一下一下，撞在她的耳朵里，“咦，你怎么箍得更紧了？还不放我起来？”

而此时，燕绥之的脸色是真的涨红了起来。

“不放。”他像是在强忍着什么。

花兮觉得这样的燕绥之有些奇怪，她忍不住伸手摸了摸他的脸，那个地方烫得吓人，即便不看也能知道，此时一定红得厉害。手上的触感温热，花兮趴在他的胸膛上边，心念一转，她觉得自己似乎忽然明白了什么。

这小子，又在害羞呢。

可现在不是调戏人的时候，花兮叹了口气，关心的情绪在此时占了上风。

她试探地问了一句：“不放的话，你这样躺着，不疼吗？”

“不疼。”燕绥之答得很快，声音却是微颤着的。

“真不疼？”

“嗯，不疼。”

5.

花兮的玩心，实在是很重。

她眼睛一眯。既然正主都说了不疼，那她也玩一玩吧。

靠在他的胸口，花兮笑得眉眼弯弯，抽出一根手指在他的肩膀处画圈，一边画着，一边还放软了声音：“小燕燕呀，你说，你这么容易害羞、性子又这样软，以后若是娶个凶一些的媳妇儿，将你吃得死死的，每日每日欺负着，你该怎么办？那不是哭都没地方哭去？”

本来是想逗他来着，然而，这句话一出口，反倒是花兮自己不舒服起来。

她十分清楚，自己是要离开的。而这个自己欺负惯了的少年，有朝一日，也会长大，说不定会变得成熟稳重起来，可同时，也要变成别人的夫君。

本来没什么事情，但这下子，花兮忽然想到那个场景，瞬间又有些不平衡。

可有什么好不平衡的呢？

那……本就是正常的事情啊。

花兮自顾自地陷入自己的情绪里边，而燕绥之想到的，却是与她完全相悖的另外一桩。他在想，若是将来，自己娶了她，会是如何？

她这样张扬，这样喜欢欺负人，想必他的日子应该不会太轻松。

不过也没什么，总归已经习惯了，总归也不觉得难受，总归，只要能和她在一块儿，他会觉得开心满足。

所以，就算是那样，一定也是段快活的日子吧。

还没愤懑完，花兮抬起头便看见燕绥之那副向往的神情，于是，心底莫名地便起了几团小火苗，怎么压也压不下去，怎么灭也灭不掉它们——

“喂，你在想些什么？在想媳妇儿吗？！”

若是能够读懂这份情绪，便能够看得出来，花兮现在完全是吃醋的样子。

只可惜，两个都是迟钝的人，于是，一个只以为自己是不平衡，另一个除了反应不及之外，再没有别的反应。

依然是相拥在侧的姿势，气氛却在这刹那间发生了改变。

媳妇儿？

她似乎是误会了些什么。

燕绥之的嘴角微勾，像是满意，眸色却越来越暗。

他虚虚眯着眼睛，手上刚要动作，却也就是这时，紧闭着的窗户外生出了些响动。

花兮翻身跃起——

“谁？”

外边一道人影微顿，从窗纸上划过，倏忽间乘风离去。

而花兮下意识踏着窗台就朝那身影追去，她足下似有疾风，像是将之前的气都撒在了这个上边，动作快得叫人反应不及，尤其是被留在房内的燕绥之。

他微顿，收回手来，怀里的温度饿渐渐散去。

“就这么走了，真可惜。”

是啊，真可惜……

可刚刚这么喃喃着，燕绥之很快又反应过来。倘若方才她没有走，他是想对她做什么呢？思及此，他的心底一震。

还好走了，还好，她方才走了。

他不舍她离去，却也因为她的离开，而松了口气。

撑着身子慢慢坐了起来，燕绥之往自己身下望了一眼……

倘若他刚才真的按照自己莫名生出的想法，冲动行事……燕绥之眉头一皱，倘若真是那样，在这样的情况下，怕是很尴尬吧。

他分明是知道的，花兮对他的态度，只是玩乐而已。如果他真的这么做了，恐怕，她便要离他而去。那么，这样，也好。

燕绥之叹了口气，走下床榻，来到窗前，向着远方眺去。

可外边那个人……

那个人，又会是谁呢？

第八章

DIBAZHANG

现在的你是经历了些什么？
你是不是被谁欺负了？

1.

足下踏风，花兮跟着那道身影来到了很远的地方。

说起来，她因为施用了细微的灵力，所以，即便动作快也毫不费劲。可那个人，她在追逐之余，惊叹于他的稳健与速度，于是放了灵识出去小心探查，却不想，所探所得的结果，皆是对方不过是凡人而已。一个凡人，武艺却这样惊绝，惊绝到气息都与寻常人稍有不同。真是难得。

花兮屏息，紧紧地跟在他的身后，不大愿意承认，倘若不是自己放出灵息跟着他，这路上七拐八拐，她怕是早就跟丢了。

想到这儿，她脚下一点，又加了几分力气。

那个人在空中居然也能够走得这样快又这样稳，在树枝、墙壁上偶尔借力便能行得这样矫健，实在是不简单。

而此时，前方的人回头，在看见依然跟在自己身后的花兮时，若有似无地笑了笑。

不多久，男子落在了沙漠之中一处废墟的房顶上边。

他转过身来，玄衣墨发，眉目清澈，就那样静静等着她。也是这个时候，花兮才终于看清楚自己追了这么久的人的模样。

还挺好看。

只是，看上去有些不好欺负，她不喜欢这样的。

在他身前稳稳落下，花兮对他生出了些兴趣。

这个人在凡界，算得上是很强大的了。魔界从来崇尚强者，也很容易被这样的气息吸引，因此，花兮笑吟吟向他走去，没有说其他的话，也没有多去计较他将她带到这里是想做些什么。

“飞这么久也不喘，你挺厉害呀。认识一下吧，我叫花兮，你叫什么？”

似乎是惊讶于花兮的自来熟，男子微顿，却是很快恢复了笑意。

在花兮为他的武艺所惊叹的时候，他又何尝没有注意到她。只是，他虽然对她感兴趣，却没有那么多想要去结交的打算，然而对方报了名字，他也不好这样忽略过去。

玄衣男子略作停顿，眼神在不远处斑驳的墙面上停了停："在下白墙。"

"白墙？"花兮在脑内搜了一下自己听过的江湖中人，却是一个相似名字的都没找到，"这该不是你的化名吧？"

大概是没有想到花兮会问得这样直接，他微怔，又很快弯了唇角："姑娘何出此言？"

"你武功这样高，我不可能没听过。"

他微微笑："姑娘谬赞。江湖之大，在下不过无名小辈而已，最擅长的，也就是这么个轻功，而且之所以会学这一招，也是只为乱世中保命罢了。"

如若是其他人，看见他这副诚恳模样，说不定会相信。可花兮早拿灵识探过他，又怎会不知他的深浅？不过，对方不愿意承认，她能讲些什么呢。

花兮摆摆手："算了算了，话说你把我引到这里，是为了什么？"

这个人的身手不凡，若真是不想叫她发现，在她与燕绥之玩耍、心神涣散的时候，应当是发现不了的。可他看似无意，却那样明显地暴露了自己的行动，这分明就是故意引她。

而她自屋内追出，倒也不是没想明白或者真中了他的计，只是在那个当下，她对着燕绥之，心底有些尴尬，顺着这么个形势就过来了。

这会儿，那人倒是不装蒜辩解了，而是直接承认："倒也没有什么，只是一些小事罢了。”

“小事？”花兮环着手臂，还在为他敷衍自己名姓的事情不满，“如若真是小事，为什么不直接干脆点儿说？还要跑这么远，找到这个地方才肯开口？”

男子摇摇头，也不理会她的挑衅。

“我这人啊，胆子不大，也没本事。因此，虽是小事，被人随便听去，也怕有麻烦。”他叹一口气，不再多说什么，“或许这样的心情，阁下不大能理解，毕竟这江湖之中，关于阁下的传言也是有些多的。只是在下有点儿好奇，阁下这一路上，三番五次惹事，并将这些推至魔教身上……不晓得，为的是什么呢？”

“将惹事的名声推给魔教，我有吗？”花兮像是困惑，想了想，却发现好像真是这么回事。她一直被人误以为是那个什么魔教教主，自己又招摇肆意惯了，这一路上走过来，的确是生出了一些事情，这样算起来，那些人恐怕也理所应当便将这些事端都堆在了魔教上边。

想明白之后，花兮挠挠脸。

“哦，似乎是这样。”她很快反应过来，“所以，你是魔教的？来找我，是为了这件事？”她在心里理了一下，“的确，自己的地方因为别人的动作被人无妄扣上不好的名声，是会让人不开心，设身处地想一想，如若是我，我也很郁闷的。不过你放心，我会补偿你们。你知道吗？那些人集结在一个地方，时常商量着，要怎么去攻打魔教。等到时候，我来帮你们呀！”

这个女子，她的反应，似乎永远不在人的预料之内。玄衣男子笑着摇摇头，也不否认自己的身份。

“那样岂不是太过于麻烦阁下，在下以为，还是……”

花兮朗笑一声，打断了他的话：“不麻烦不麻烦，小事而已，不必客气！”

“可是……”

那男子正欲再说些什么，花兮却忽然感觉到一阵灵息导向自己的指尖。她的脸色一变。这个动静，若是没有猜错，是燕绥之那儿传来的。

说来话长，自那夜她感觉到燕绥之房内传来的灵力波动之后，便一直有些怀疑。虽然当夜，她发现了天外月圆、植被灵气极重，散出的灵息顺风传来这件事情，看上去，这些好像有了合理的解释，但事后，在内心深处，她总还是觉得有些不对。

便是因此，在那之后的不久，花兮趁燕绥之不注意，将一缕灵力注入了他发间的红绳上。

只要他有什么动静，她便能够感知到。

这件事过去得有些久，中间发生了许多事情，如若不是这次她感觉到了异常，恐怕她都要忘记它了。

一时间，她没有心思再听那玄衣男子说些什么，甚至忘记同他告别，只是匆匆转身离去，身形一闪，人已经出现在了很远的地方，只留下一个很浅的影子在男子的眼睛里。之后，也不管被她抛在身后的人是什么反应，就这样消失在了他的视线之中。

满心满心，都是急切。

2.

花兮的速度很快，因她不是赶路，而是施放灵力，使得身影瞬移。

是啊，情急之下，花兮撕开了空间，这是她在魔界用惯了的偷懒方法，却因为忌惮被人发现，第一次拿到人界来用。

事后回忆，花兮也不晓得自己怎么会变得这样莽撞。

在他发绳里注入灵力以作探查，这个动作的出发点是因为怀疑，可在这个当下，她又默认了燕绥之只是凡人，开始担心他的安危。说起来真是矛盾，花兮也没办法解释自己这是为什么。

可即便真有什么危险，那也不过是一个波动，动静很是细微，这样也便说明事情并不紧急。或者，即便真的有多紧急，但那又哪里至于用上这一招呢?

然而，在这个时刻，花兮却有些顾不上。

她匆匆忙忙回到客栈，当花兮在燕绥之面前站定，这个时候，距离她方才消失在玄衣男子的眼中，不过眨眼之间而已。

却没有想到，她没有看见燕绥之的不对劲，反而在这里见到了一个人。

那人红裙墨发，眼波流转——

与花兮倒是有六七分相像。

“于秋？”眼底的复杂还没有被收好，花兮又带上几分意外，“你怎么会在这儿？”

于秋是花兮为数不多的旧识之一，她们是在抵抗妖兽的战场上认识的，当时花兮在重伤的时候与魔族人走散，因为灵力流失，被困在一个洞窟。便是在那个地方，花兮遇见了于秋。

说来，她们也算是有着同生共死的交情。

可于秋却并非魔族，而是一个散仙。

于秋大抵是花兮所见过最奇怪的仙了。毕竟，除了于秋之外，花兮实在想不出来，还会有谁，分明有着能够飞升、登入仙阶的能力，却依然执拗地留在人界，做一个不知哪天就要耗尽灵寿消逝的散仙。

是啊，若是没有受封，像他们这种修习渡劫而成的仙，即便能得长寿不死，也不会是永恒。并且，功力也会一直停留在这个阶段上。

这样说起来，其实很不划算。

而她的理由，花兮一直认为，有些智障。

——“在神仙堆里当神仙，哪里有在普通人里当神仙来得痛快！再说了，那个地方规矩繁杂，又那样严苛，上去了可就出不来了，多无聊啊，一点儿都不好玩。”

只是一句不好玩，于秋就这么留了下来。

灵寿被固定住，修为也再进不得。

花兮曾经为她可惜，也想过做她的助力，等她后悔，再给她搭一把手，拾个机会，能够位列仙班。但于秋只是笑着摇头，不谈这个。

因此，花兮也再没有提过，这毕竟是人家的决定，是于秋自己的人生，她没有多做置喙。那时候，她只告诉于秋，什么时候想通了，什么时候便来找她。

可惜，这句话过后，魔界便生出许多变故，届时恰逢花兮登位魔君，事务繁忙，于秋除了来看一次热闹，便再没有出现过。

时至如今，她们真是许久未见了。

“你这些年去哪里了？”瞥了一眼燕绥之，见他无事，花兮急急上前，本想握住于秋的手，却是半路上方向一转，捶了一下她的肩膀，“怎么搞成这副样子？”

与从前不同，再次出现的于秋，不复当年意气，眉眼间也有了倦色。那种倦，像是从骨子里透出来的，不似赶路或者劳累，而是经历了一些事情之后，自心底生出的疲乏，对什么都厌倦不想管了的疲乏。

“到处转了转，今个儿正巧转到这里，感觉到你的气息，便来了。”于秋言语带笑，眼睛里却没什么笑意，“能在临死之前，见到故人的最后一面，也不错。”

“临死之前？”这四个字把花兮惊了一下，她连忙拽过于秋的手，探着于秋的灵脉。

这一探之下，她顿时心凉了半截。

“你……”

花兮刚要开口，却对上了燕绥之注视着自己的目光，于是生生又把话咽下去。

“咳咳！”她干咳两声，转向燕绥之，“小燕燕，你先出去吧，我和这个姐姐有事情要说。”

于秋用眼神在花兮与燕绥之的身上打了个来回：“你就这么赶人走，也不怕人家伤心，觉得你对他防备？”

花兮蒙了一下：“会吗？”

她从来直接，也不晓得委婉点儿，让他去买东西什么的转移注意力，但燕绥之也早习惯了她的作风，知道她没有别的意思。

“不会。”燕绥之摇摇头，在看见花兮呆萌模样的时候，忽然感觉有点儿可爱，可爱到他不觉更加专注地看了看她。而于秋在两人身侧，敏感地捕捉到了这一幕，她弯了弯嘴角，之后又不晓得想到什么，眼底涌上几分哀伤。

3.

这份哀伤太沉，浓重到即便粗心如花兮，也无法将它忽略过去。

是以，在燕绥之关门离开之后，花兮咽下自己觉得重要得不能更重要的、事关于秋境况的问题，转而先给了她一个拥抱。

“不管碰到了什么，现在不是见着亲人了吗？你可得乖乖的，千万别哭啊。”

于秋哭笑不得地扯开花兮：“当年什么都没经历过的我见了那么

多血都不需要哄，你以为现在的我还要这样哄着吗？”

她说得清浅，花兮却在这清浅的言语背后，听见了几分沉重。

按下一口气，花兮难得凝重一次：“所以，现在的你是经历了些什么？你是不是被谁欺负了？要不要我去帮你揍人？”她顿了顿，纠结了一会儿，还是开口问，“那件事和你灵气耗尽有关吗？”

是啊，即便散仙不可永生，但也绝不可能只有这么短的寿命。而于秋说她命不久矣，原因就在于她积攒这么多年的灵气一次耗了个干净，并且伤及了她的灵脉。

若非如此，她还是救得回的。可神仙的灵脉，就相当于人的心窍和天灵，除它之外什么都好说，但只要伤到了它，一切便都无法挽回了。

“有的。”于秋弯着眼睛，承认得干脆，“但我不能告诉你。毕竟，这件事，一提起来，我就想哭。”她歪着头补充一句，“哄都没有用。”

花兮先是微愣，随后低低地笑，摆一摆手：“厉害厉害，我不问了。”

在花兮的记忆里，于秋张扬明媚得像是太阳，不需靠近，单是看着都觉得暖融亮眼，也正因为太过亮眼，久视的话，会有种被灼伤眼睛的错觉。甚至，当初的于秋比起被说跳脱恣意的自己，还要更甚一些。

于秋好像什么都敢说，也什么都能说，比许多鲜衣怒马的少年还要再狂上几分。虽狂，却不骄纵，这是花兮很喜欢的一点。

印象中，于秋很喜欢和自己抢东西，玩闹的那种抢，但每每玩着，又会控制不住下狠手，两个人都没少从对方身上吃过苦头。花兮还曾对她讲过，于秋这个名字太过温婉安静，不适合她，不想话音没落就被她拐了脖子狠狠捶了一顿。

可就是那样的一个女子，现在竟然安安静静站在自己的面前。

对自己说，她有了一提起来就想哭的事情。

不像委屈，也不是撒娇，于秋的眼睛里，是真真切切的伤心。

“对了，那个孩子……”

不比花兮心情复杂，于秋挑着眉头，笑得轻松又惬意，像是什么都不曾发生、什么也没有说过。她朝着门外指了一指，没把后面的话讲下去。

花兮顺着她指的方向看了一眼，带上了些戒备：“你干吗，那是我的人！”

于秋若有所思地朝着紧闭的房门看去。

虽然那样子什么都看不见，但花兮还是霸道地蒙住她的眼睛：“干吗干吗？你在看什么？不准看！”花兮想了想，“不然这样，我也挺好看的，唔，那我牺牲一下，你看我吧。”

“怎么，那个孩子，你喜欢他？”

这句话，于秋说得一脸淡定，花兮却在听见之后吓了一跳。

“不能够吧，就像你说的，他还是个孩子啊。”花兮皱着眉头，“如果真是这样，按照年岁来算一算，那我不成恋童癖了吗？”

于秋的嘴角控制不住地抽了抽：“都说魔界中人向来行为肆意，

怎么，你也会在乎年岁这种事情吗？或者，就算不提魔界，你也不像是个会多想的人。”

顺着她的话，花兮拧紧了眉头。

她沉默许久，眉头蹙了又松，松了又蹙，最后咬着下唇，满脸纠结地开了口：“就算不说从前，把我们相遇之前那些成长的岁月和经历全都清零，但往后呢？我的生命很长，我的背后还有一整个魔族，而他不一样，他至多不过百年光景，想想算算，也应当有自己的挂碍。我们的差别太大了。就像现在，我出来放松玩乐，前去魔教想助一助那些凡人，玩完之后就要回去，但说是玩完，我也不知道自己要玩多久。”

花兮说着，微微顿了顿：“有可能，我会在人界待个一百年，这只是我用作消遣的一小段时间，于他却是一世之久。见解、观点且先不论，单单是生命的长度，我们的差别已经这样大，更别提其他事情……啧，我刚刚想了想，不论什么事情，我们没有一件是对等的。站在相差这般悬殊的两个位置……我怎么可能喜欢他，一个注定没有结果的人类呢？”

于秋一滞，若有所思般轻叹出声。

如果是从前的花兮，断断不会想这些事情。

即便于秋再怎么挑衅，也只是不耐烦地摆摆手，说一句没有就是没有。再或者，懒得解释，干脆玩笑着糊弄过去，说，对啊这都被你知道了。

可都不是。

她认认真真分析了自己和燕绥之的从前未来，仔仔细细做了思量，像是考虑过许多次似的，而这一遭，只是顺口讲了出来。

“你说，是不是？”像是要寻求认同，花兮抬起头，对上于秋的眼睛。

问她，是不是这样。问她，自己的话有没有理。

一边期待着被认同，一边又有些希望她能反驳。

可于秋什么都没有说，既不点头也不摇头，更没有什么脱口而出用作开导的大道理。她只是望着花兮，默然不语。心里却在想着，这就是所谓的“旁观者清，当局者迷”吗？

这样明显的感情，怕也只有她自己看不出了。

于秋在心里叹了一声，都要死了，还要她来操心这个……不过又能怎么办呢？总不能还像从前那样，恨铁不成钢地打她一顿。

于秋想，从认识到现在，花兮都是这样的性子，以后怕也改不掉了。这样真是不好。她原本就没多少朋友，如今身居高位，亲近的人也更少了些。

花兮的这副样子，倒是像极了从前的她，而若结局也同她一般，那便真是让她死都不放心了。可不管于秋再怎么想，也都没有表现出来。这些弯弯绕绕，就算她现在提点了花兮，以花兮的性子，一定也会把自己再绕回去。

不论是什么事情，都还得自己理清。也只有自己认清楚了，才能够真正的接受。

她想着，拍拍花兮的肩膀，做出一副愉悦模样。

“真的吗？那太好了！”于秋弯着眼睛，“那个孩子我可是喜欢得很呢，既然你对他没有意思，那我就行动咯！”

这个世界上，每天都有人在相遇，同样的，每天每时，也都有地方上演着错过和别离。

这样的滋味太过难受，经历过一次便是痛彻心扉，而最让人无法接受的是，通常以来，这样的交错根本无法挽回。

于秋的眸中有痛楚一闪而过，但花兮却是木然，完全没有发现。她还沉在于秋那句话里。

那个孩子，她很喜欢？

她喜欢燕绥之？！

那个呆呆愣愣、怕黑怕高、经常小孩子似的赖着抱着她，即便被她调戏到脸红也不肯松手的燕绥之？

花兮懵懂地在原地站了许久，怎么都反应不过来。

而等到她的神思恢复，身边早没有于秋的身影了。

4.

天气晴暖，晨光刚好。

客栈大堂里，阳光从各个窗户口洒进来，将空气都染成了淡金色的。

往日里，花兮最喜欢这样的天气，不冷不热刚刚好，特别适合拿着一袋糖炒栗子在街上晃荡。在她想象中的画面里，应当是她一路这么走着，而燕绥之在她的身后牵着毛驴，她心情好了，会给他喂一颗栗子，走得累了，就趴到驴背上去。

不论如何，燕绥之总该是跟在她身后、也看着她的。

这应该是她第一次感觉到理想与现实的差别。在这一刻，花兮坐在一条长凳上，看着木桌对面，坐在另一条长凳上的两个人，心情有些复杂。

望了一眼腻着燕绥之的于秋，花兮清了清嗓子："那什么……"

"我还想吃那个。"恰时，于秋指了指花兮手边的小笼包，对燕绥之软声道，"你帮我拿过来。"

于秋本来便生得娇媚，只是从前她的娇媚一直被那飒飒意气掩住，很少叫人注意。而今，她这样低着眉，抿着嘴笑，倒是叫人有些移不开眼。

燕绥之装了许久没听见，却最终败在了于秋的坚持上边。说起来，如果不是看花兮那样仔细对她，这个人，他是真的不大想去理会。

又或者说，任何插进他们之间，破坏他们相处的人，他都很不待见。

"快帮我拿一拿呀。"于秋催促。

瞥了一样花兮手边的包子，燕绥之唤了她一声，然而花兮却只是傻傻盯着于秋。

"那个，你该不会是昨天睡觉的姿势不对，把脑子睡坏了吧？"花兮努力从莫名的情绪之中摆脱出来，与于秋打趣道，"你别是个傻子吧？"

于秋按捺住几乎要抽动起来的嘴角，把她忽视了过去，只黏腻腻地对燕绥之念着："包子……"

而燕绥之终于忍不住叹息出声，望向花兮："嗯？"

花兮低了低头，有一下没一下地拿勺子搅动着碗里的粥。

"给她吧给她吧。"她瞥了于秋一眼，"都拿给她。"

虽然说是这么说，花兮也不是小气到连几个包子都舍不得给的人，更何况对面还是她的生死之交。可在燕绥之真的将包子递给于秋的时候，花兮搅着白粥的勺柄还是在她手中被折成了两半。

被折断的木勺，断口处有些木刺，因为她的动作实在有些大，落地之前，正好划到了她的拇指。花兮没有反应，倒是燕绥之看见那里渗出的小小血珠，皱了眉头。

"怎么这么不小心？"他说着，很是自然地走到了她的身边，继而从怀里拿出一块帕子，按在了花兮的伤口上。自始至终，都是顺理成章的模样。

这样的事情以前也不是没有发生过，毕竟花兮很是粗心，再说，这些小伤对她而言其实没有影响，甚至她连丝痛都感觉不到，故而，她也从不在意。只是，被人关心的感觉还不错，所以她偶尔也会借着那些不痛不痒的小伤口或者小意外去逗燕绥之，然后，在看见她喜欢的反应的时候，悄悄地躲在心底笑。

以往觉得惯常的事情，放在今天，味道却有些不对了。

——那个孩子，你喜欢他？

花兮面上怔怔，脑内却因为这忽然闪过的一句话而变得有些混乱。这般模样，看在燕绥之眼里，竟是意外乖顺。

燕绥之在为她包扎完之后，一低头就看见了这般模样的花兮。倏地，他的心头被狗尾巴草尖尖挠了一下似的，有些痒，痒到突然很想把她揉进怀里。

于是他轻轻笑笑，以为接下来，她就会像往常一般逗他几句，却不想花兮触电似的缩回了手，瞥一眼于秋。

“那个，我忽然想起来有个东西要买，晚了就该卖完了。”花兮难得露出慌张的模样，“我先过去买东西，你们慢慢吃，慢慢吃……”话音还没落下，人便已经消失在了客栈大堂。

于秋似是从她的动作里看出了什么，嘴角一勾，笑着摇摇头。接着，她气定神闲端起杯茶来，吹了吹，饮下去。

燕绥之微顿，望一眼花兮消失的方向，又望一眼在花兮离开之后，对他的态度立刻转一个弯的于秋。他想了想：“这位姑娘，你方才的动作，像是有些刻意。”

“哦？”于秋眨眨眼，满脸无辜，“女人都是善变的，这句话你没听过？”

燕绥之被噎了一下。

他当然不会相信这句话，可他却通过这句话知道了于秋怕是不会将自己的目的告诉他。于是他不再言语，只是坐在花兮原来的位置上，心不在焉地吃着东西。

而于秋见着他的样子，唇角的弧度弯得更大了一些，意有所指道：“你知道言语是用来干什么的吗？”

“嗯？”

“用来交流，或掩饰或表达。”于秋放下茶杯，用杯盖拂了拂茶叶，“不论怎么相熟，如果你不说的话，那件事情，对方就无法知道。再怎么样明示暗示，都是需要对方解读的，哪有一句话来得直接呢？”

燕绥之觉得自己似乎听懂了，又似乎没听懂，可不管是懂或不懂，他都没有问，只是这么看着眼前的人。此时的他，和在花兮面前夙夙的那个少年实在不像。

又或者，他在所有人面前，都和在花兮面前不像。

这一刻的燕绥之，看起来很是沉稳，如同一口古井，深不可测。

于秋大概是以为他懂了，在说完之后，她站起身来，拍了拍裙摆上的灰：“你要在这儿等她便慢慢等吧，只是，估计以她的性格和理解能力，这一时半会儿的，她也想不明白，还回不来。”她伸个懒腰，“我先去楼上歇着，你们走的时候记得叫我。”

燕绥之没有回应，于秋也并没有等他的回应，自顾自地说完之后，便大步上楼去了。

他们都没有发现，在客栈外边不远，站着的那个玄衣男子。

男子的面上有一闪而过的错愕，有片刻掩饰不及的慌乱，却最终都沉进了那双极深极黑的眼瞳里。

那个男子，如若没有记错，他曾将花兮引到野外……

他似乎，是魔教的人。

第九章

DIJIUZHANG

既然那个可以照顾你的人来了，
我就先走了。

1.

明月悬在树杈上边，和这里只隔着薄薄一片云，又亮又近，仿佛触手可及。

花兮眯着一双眼，醉醺醺地朝着那月轮伸出手，就着这个场景，想起从前一件事情。

说是从前，其实离现在也没有多久远。

那是赶路的时候，一个晴夜。花兮回想了一下，当时的月亮，比现在似乎更亮也更圆一些，像她傍晚时分吃的那个煎饼，被摊成薄薄的一个，只需咬上一口，便是满满的香脆甜。

就着那轮清月，花兮舔舔嘴唇，钩了钩燕绥之的小拇指。

“小燕燕呀，你看那个月亮，喏，就在那儿！你觉得它好不好看？”

“好看。”

燕绥之这么回答，眼睛却并没有在看花兮所指的方向，而是望着她的脸，用他自己都没有察觉到的专注和认真。

他仔仔细细地看着她：“或者不是好看，应该说很美。”

“啧啧啧，我也这么觉得。”花兮毫无所觉，继续望月，“你能把它送给我吗？”她伸手朝天捞了一下，“这么好看的东西，又亮亮的，如果是我的就好了。”

“对啊，如果是我的……”

燕绥之说着，一顿，猛然惊醒。他干咳几声，带着些许不容易叫人察觉的慌乱。

垂眼之后，他快速抬起头顺着她的目光望向月亮，假装什么都没有发生过。

“你喜欢？”

“嗯，很喜欢。”

燕绥之想了想：“那我送给你。”

“咦？”花兮终于收回了目光，转而看向燕绥之，“你要怎么送？”

这一次的燕绥之，没有很快回答，而是转向月亮认真看着，看了许久。久到花兮都以为他是一时嘴快，想不出如何回答，在借月逃避。

刚想调笑两句，却不妨燕绥之忽然转回了身，浅笑着牵起她的手。

夜有凉风，带起花兮的发丝拂向他。她本来还没怎么注意燕绥之，只是那头发被风吹在脸上弄得有些痒，花兮挠了挠脸，想将头发别回耳后，却不想顺着那几缕飘向燕绥之的发丝，望进一双叫人看了便再出不来的眼睛。

此时，有淡淡清辉覆在他的身上，少年眼神澄澈，唇边含笑，他的眼尾微挑，有些魅意，这时候却因为被那笑意压得弯了一些，无端糅了几分温柔在里边。被这样望着，花兮有一种很奇怪的感觉——

好像在这世界，自己是多珍贵的至宝一样，值得被人用一辈子的专注，去小心地呵护和对待。

他执着她的手，按上自己心脏的位置。

“喏，你喜欢月亮，我刚刚已经把月亮刻在这个地方了。”燕绥之开口，带着些得意，带着些欢喜，带着些孩子气，“所以，我现在可以把它送给你了。”

就是这句话，让花兮猛地一愣。

可是没愣多久，她又回过神来，眼睛弯成了小桥，眸中是被阳光照拂一般的粼粼光色。

“好啊好啊！这果然是我见过最好看的月亮！”

——那果然是她见过最好看的月亮。

花兮醉醺醺地收回朝着明月伸出的手。

其实倘若她不愿意，那么任何酒都醉不倒她，毕竟她也不是普通人。可今日，她很想醉一醉，因她从前听人说过“酒水解忧，饮醉解愁”，虽然魔界没有这个说法，但既然在这儿能流传这么久，应该也是有些道理的。

“嗝……其实，嗯……果然，勉强也还算是有些道理……”

花兮迷迷糊糊念着，醉了的感觉真是挺好的，原来她很烦，却不知道自己为什么烦，想着念着与自己探究心烦的原因，又觉不出来，这样只会让她更烦。而今，她不烦了，也便不再想去深究自己烦恼的原因。

无因无果，什么都空空的，多好啊。

“多好啊……”她嘟嘟囔囔，眨眨眼睛。

还能让人专心看看月亮。

虽然，那一夜的，比今夜的，好看多了。

不过，那一夜的比什么时候的都好看多了。

甚至，回想起来，那月轮的耀眼程度几乎能比肩夏日正午的太阳——那样温暖、那样难忘，那样叫人感动。

花兮又将酒壶提起，给自己灌了一口。清亮的酒水顺着她的嘴角滑下，濡湿了她的领口，将那里染成了深红色。

那不是月亮，是他双手捧到她面前，灼灼的一颗心。

正是这时，身后有脚步声响起。

那人停在她的身侧，声音轻轻："你怎么了？"

是于秋。

"哎，你怎么来了？你怎么知道……嗝，怎么知道我在这儿？"花兮眯着眼睛，伸手就把酒壶递给她，"既然来了，请你喝一口，味道特别好。"

于秋在鼻子前面扇了扇："我怎么说在这里也待得比你久，第一次听人说这种八文钱一满罐的烧刀子特好的。"她坐在花兮身边，为花兮擦脸，"你喝就喝吧，怎么搞得满身满脸的，这么狼狈？"说着，她一顿，"莫不是因为我……"

"对啊，就是因为你！"花兮虽然已经有些神志不清了，却也还是下意识想要逃避些什么，不让她提起，"因为你，你……你的灵寿……你怎么忽然就这样了……"

本来是转移话题随便讲的一句话，但花兮刚说出口，又很快停住。

她没几个朋友，于秋应当是她最铁的。她不敢想象于秋离开之后，她会如何。

应该会很孤单吧？那个时候，燕绥之估计也不在了……

对啊，说是说于秋活不长，但再怎么样，她的灵元还在，身躯自然也不会在百年之内消散。可燕绥之却是真真切切，只能活这么久的。

"喂，你有没有想过，自己能活到什么时候？"于秋沉默许久，忽然问她。

花兮老老实实地摇头：“没有。”她无意识地开口，“时间这种东西，对我没有意义。”

“原来我也是这么认为的，我们的生命这么长，时间算什么呢？记个数而已。”于秋低了低头，从她的手上接过酒壶，嫌弃似的，却还是喝了一口。

于秋被呛得咳了很久，咳到眼泪都淌出来，可就这么咳着咳着，她又笑了：“以前离死亡遥远的时候，只把时间当可以随便浪费的东西，现在想要珍惜，又觉得来不及，说着遗憾，却比那时候看东西更清楚了。”

花兮似懂非懂：“嗯？”

于秋看着酒壶：“花枝当折且折，忧思当断则断。很多事情，你现在看不透，想着看透了再去处理，可也许，等到那个时候，就来不及了。那样会让人很遗憾的。”她转头，眸色认真，“花兮，这种遗憾太让人难过，你这样的性子，不应该体会到那种感觉。”

“你在说什么？”花兮本来就觉得脑子不够用，在听完于秋的话之后，好像更不够了。

于秋笑了笑：“在和你说燕绥之呢。”

燕绥之……

被这三个字一激，花兮觉得自己的酒意都醒了几分。

只是，却不知怎的，她没办法再像那天一般，跳着脚捂住于秋的眼睛，大声宣告，说那个少年是她的。

花兮捂着头，觉得有些疼。

可再怎么疼，她也还是有话想问于秋。

她问：“你刚刚说，在跟我讲燕绥之？那……那你是认真的？你是真的喜欢他？”

看来，方才自己讲的东西，她是什么也没有听进去。于秋翻个白眼，随口接了句：“是啊，怎么了？”

“没有，只是……只是……”花兮拧着眉头。

如果说，这个世界上，她在为数不多几个人的手里抢过东西，那么，她抢得最多的那个一定是于秋。可是，要说她最不愿意下手的人，一定也是于秋。

是啊，即便再怎么玩闹，每次的结果，都是花兮将东西让出去，虽然每每她罢手，于秋也会失去兴趣似的将东西推回来。

但不论于秋如何选择，花兮却是养成了习惯似的。

只要对方是于秋，她总会让。

可这一次，她想说让，却怎么也说不出来。

似乎看出了她的为难，于秋拍拍她的肩膀，用着难得的安慰语气，说的却是嫌弃她的话：“我说，如果你再这么蠢下去该怎么办呢？别人的心思看不懂就算了，自己的也不懂，真是为你的智商感到着急。”她说着，停了停，“虽然我自己也没好到哪儿去。”

语毕微笑，于秋将酒壶丢回给花兮，眼看着对方抱住酒壶晕乎乎又灌起来。

“喏，还你，我有点儿累，既然那个可以照顾你的人来了，我就先走了。毕竟你也是挺让人费神的。”

2.

于秋嫌弃完花兮，对着朝这儿走来的燕绥之弯了弯眼睛，像是完成了个交接仪式似的，缓步便走了回去。

每逢月圆，精魅的灵力都会有所波动。

倘若于秋的灵脉没有受损或者花兮没有醉到这样的地步，那么，她们怕是轻易便能发现他的身份。只可惜，事情就是这样不凑巧。

燕绥之蹲下身子，拨开花兮怀中的酒壶。

那酒壶已经被喝空了，即便这样滚在地上，也没洒出一滴酒水。

“你怎么样，有没有哪里不舒服？”

顺着声音望过去，花兮看不清楚燕绥之的模样，只能看见模模糊糊的一个轮廓。可就算只是一个轮廓，这也够了。

她咧着嘴笑：“咦，小燕燕……你来了……”接着，极其自然地滚进了他的怀里，双手向上钩住他的脖子。

可刚刚钩住他，她又松开了手，皱着眉头，满脸委屈。

这是燕绥之第一次在花兮的脸上看见这样的表情，像一只被遗弃的小动物，想靠近他又不敢靠近的，又纠结，又叫人心疼。

“怎么了？”主动环住她，燕绥之轻声问道。

花兮难得乖顺地躺在他的怀里，既不乱动，也不出口调戏，她只是这么看着他。说是看着，眼神却是涣散的，这样久了，总叫燕绥之生出一种她或许并没有在看着自己的错觉。

其实，他在于秋刚刚上来的时候，就已经站在角落了。

虽然离得远，却也借着灵力，将她们说话的内容听得一清二楚。

那些花兮没有听懂的东西，他却听了个半懂。

当时，处在黑暗之中的燕绥之，联系着于秋之前的动作和自己想了许久的东西，在看见花兮皱着眉头捂住头的那一刻，慢慢抚上自己心脏的位置。

他好像忽然知道了什么。

那些一直埋在这个地方，却没能被他所感觉到的东西。

关于自己在最初时对她生出的感觉，关于他一路以来对她的心情，关于他在看她时不自觉便会生出的情绪……

燕绥之的唇角微弯，他每每对待花兮，都是温柔的。可真要说来，他笑得最温柔的，却是这一次。

是他站在角落里，望着她，看清楚自己的心。

——倘若当真有“命中注定”这么一回事，要燕绥之为它做个描述，他大概只会说一句话——从前，有一天，他遇见了花兮。

果然不错。

如果真有命定这个说法，她就是他的命定。

许多的注定都让人无可奈何，可这样的注定却真是再好不过。

"唔……"花兮眯着眼睛在他的怀里蹭，几番之后，意识非但没有变清楚些，反而更加晕乎了。

她睁着眼睛使劲儿望他，却总觉得像是隔了一层水雾："哎，你是谁啊，燕绥之呢……"

和平时不同，喝醉酒的花兮，声音软软糯糯，整个人都乖得不行。看着她这般模样，刚刚明白自己心意的燕绥之，霎时只觉得心都要化了。

"我……"

"算了算了，正好，我有些事情，也不知道该怎么和他说。唔，和于秋也不能说……我好像，好像就没有人可以说的……"

燕绥之咽下了原本想讲的话："嗯，那你和我说，我在听。"

花兮换了个舒服的姿势靠着。

她一脸神秘，压低了声音："我告诉你哦，我最近可烦了。"

"为什么？"

"因为……"花兮似是苦恼，"不会啊，我觉得应该不会的……"

燕绥之不解，抱着她的手却更紧了些。

"不会什么？"

花兮的五官皱成一团："于秋说，我喜欢燕绥之。"

兴许是喝得太醉意识迷蒙，"燕绥之"这三个字，她念得很缓很慢，尤其是尾音，拖得长长的，撒娇一般。

这时候，花兮在他怀里难受似的扭了扭。

燕绥之见状，连忙把手又收紧了一些，防止她滚下去。

接着，声音里带上些暖融笑意："那你怎么想？"

仿佛被这个问题问倒了。

花兮垂着眼睛，眨了许久。

"我不知道。"她的声音依然是软绵绵的，用的却是叫人听了便心疼的语气，"于秋说我傻，也许是真的，很多东西，我都不知道。看不清楚别人，也看不清楚自己……我也觉得不好，可我就是不知道。这种感觉太陌生了，我从来没有体会过，周围也不见大家有过这种情绪，我……我无人可问，又没有可以参考的东西……你说，怎么办呀……"

花兮的孩童时期是在魔界的幽谷之中度过的，她算是传承下来的灵医世家，祖上曾随军出征，救回过当时的魔将。只可惜，花兮从小就对那些东西没有兴趣，活了这么久，却连几种草药都分不清楚。

她小时候每日都被逼着研习药理，却也每日都逃脱着自个儿舞刀弄棍。

就连祖上觉得荣耀的那桩大事，她感兴趣的也只是那位传说中的魔将。她很好奇，很想知道，那位魔将的灵力到底有多高，战场之上，到底有多厉害。

彼时她只是魔界中普普通通一员，如若天轨没有移位，没有因此导致妖兽横行，她或许还会继续好奇下去。可惜，她的好奇心还没过去，幽谷便被妖兽摧毁了。与之一同被摧毁的，还有魔界很多地方。

站在废墟前边，她哭过晕过，几近崩溃，直到废墟之中原本死去的长辈，他们聚集了最后的灵力，将它们直直灌入她的灵台。他们说，妖兽肆虐，不止她失去了家人。

在花兮的记忆里，家族一直坚持从医救人，很不喜欢她耍刀弄枪。

这是第一次，他们告诉她，让她继续去做去练。哪怕是一缕残魂，也知道如今景况复杂，医术无用。他们第一次承认她，支持她，说，刀枪还是有用的。

那段时间她消沉了许久，而后是怎么进的军队、怎么上的战场，她都不是很有印象。再后来经历了许多东西，那一幕幕太过于深刻，她忘不掉，却也不大愿意想起。

事实上，在异乱平复、当上魔君之前，她都很苦，满心思考的都是如何活下来、如何维护住她的族人。而在当上魔君之后，她的事情很多，要考虑的也更多更复杂了，虽然不用再担心生命，族人的这一块又重起来。

花兮偶尔会觉得，这样的人生，也挺糙的。糙到没有办法体验到一般女孩子细腻的心思，糙到有关感情的任何东西都没时间考虑。

然而，大概那些小女儿的小期望，对于花兮而言，都是没想过的东西。想都没想过，便更遑论重视，或者为之感到遗憾了。

说来，在这次觉得透不过气出来游玩之前，花兮连“趣味”是什么都几乎要忘记。大抵也是因为这样，在发现调戏“小玩具”会叫人觉得好玩开心之后，才这么乐此不疲吧。

这样的人，你能指望她从日常中体会到些什么、看出一些什么呢？

3.

“你不知道？”

“我不知道，我真的不知道……”花兮吸吸鼻子，“我只知道，于秋从不会骗我，而她说我喜欢他……”她停了一会儿，“但这次，和以前不一样，不是她说什么，就是什么的吧……”

燕绥之循循善诱：“你怎么会不知道呢？”他勾着嘴角，“你还记不记得，自己对他说过些什么、做过些什么？”他等了一会儿，觉得这个问题对于脑子不清醒的花兮而言似乎太难了，于是换了一句，“你觉得，自己和他在一起的时候心情如何、感觉如何？”

“唔……很开心……”

“你和讨厌的人在一起，会开心吗？”

花兮撇撇嘴，她又不是受虐狂，和讨厌的人在一起怎么会开心？

“自然是不会的。”

“你看，人只有和自己喜欢的人在一起，才会开心。再加上，你和于秋的关系那样好，你也晓得，她不会骗你。”恰时，酒壶被大风刮得滚了一下，燕绥之瞥见它，“还有，你今日为什么会喝得这样醉？是不是因为……燕绥之？”

花兮的脑子转不过来，一时竟想不出什么反驳的东西，反而顺着这个思路，觉得他说得有些道理。

她皱着眉，跟着他念："燕绥之……"

念完之后，好像一下子又忘记自己之前说过些什么："咦，你是谁？你不是小燕燕……"她掐着他的脸，"你这样抱着我，脸却一点儿都不红，你不是他……"

他轻轻捉下她的手："别闹，之前的问题你还没有回答我。"

"什么问题？"花兮不满地挣脱开，继续掐他的脸，"嗷……你是谁？我……我心里好像有很多话，不然，我说给你听吧……"

她的声音，随着一个字一个字讲出来，慢慢也就这么轻下去，直到最后低成了谁也听不见的气声。

燕绥之轻叹。

"算了，睡吧。"

他弯身，一只手揽着她的肩，一只手抄过她的膝弯，就这样将她抱了起来。

月下屋檐上边的两个人影终于交叠到了一处。

燕绥之偏头，望着怀里熟睡的人，也就是这一望，他看见她湿润的眼睫，看着看着，好像心里也被染上了水汽。

他微顿，低头，吻上她的眼睛。

花兮这时候似是有所感应，眼睛颤了一下，就要睁开。

"睡吧，没什么。"他轻声开口。

花兮像是听见了，下意识地环住他的脖子，梦呓似的唤了一声："小燕燕啊……"

"嗯，我在。"

"嗯……我知道的，你说了，你会一直在……"

分明是梦话，这一句，讲得却是意外清晰，只稍稍带了些鼻音。

"是啊，我会一直在。"

即便知道她听不见，记不住，燕绥之还是认真回答了她。而在他这一句之后，花兮终于安心沉沉睡去。

也许她什么也不曾听清楚，什么都无法弄明白。

但就算只是听见这么个声音，花兮也还是觉得很安心。

安心到即便上一刻还在因为自己弄不明白自己的心意而感到着急，这一刻也能放松下来，靠在身边人的胸膛上，这样睡过去。

不知道为什么，花兮潜意识就是认为和他在一起很舒服，也很平静，好像什么都不必担心那样的平静。

原来他这样好啊……

唔，小燕燕这样好，怎么她从前都没有发现呢？

虽然魔族向来崇尚强大，这种动不动害羞还怕高的存在，根本只能被欺负。又或者说，人类而已，魔族大多都不太瞧得上……但那又怎么样？花兮想，她已经足够强大了，没有必要再找一个这样的人，过日子又不是每天切磋打架的，她和他在一起很开心，比从前刀枪血雨时时操心的日子开心多了，而且逗他还能解乏。多好啊。

便如于秋说的，魔族中人向来随心而行，偶尔做些不符合常理的事情在他们那儿反倒是常理，他们怎么会在乎这些呢？或者，就算他们在乎，但以花兮的性格，怎么想，她也不该想这么多的。

睡梦之中，花兮迷迷糊糊地想着。

那么，自己之前是一直担心什么来着？啊，对了，是生命的长度……

好可惜……

他是人，他的年纪太小，他也没有办法，陪她一起走到她的未来。

哎，他……他是谁来着……

啧，酒这种东西，真是神奇啊！不止会叫你记不清烦忧，还能买一送一，让你连“烦忧”的本体究竟是什么都忘记了。更甚一些，便如现在，即便她努力睁开眼睛也还是什么都看不清，即便她用力去想，也什么都想不到了。

果然解愁。

问题就在于，药效太重，也有些不好。

花兮刚刚因此迟疑，眼前忽然就出现了一张脸。那张脸有些模糊，花兮只能勉强看出个轮廓，其中最为清晰的，也不过就是这个人的发上缠着的一根红绳，颜色十分鲜明，鲜明到一下子映进她的眼睛。

——我已经将你绑上了，这是记号，你可不能自己摘下来。知道了吗？

——嗯，我记住了，这是记号，我不会摘。

“嗯，你说不会摘，就真的没有摘过，真是说话算话的好孩子……”花兮口齿模糊，“可……可我其实，当时是随便说的，你摘了也没有关系……”

她说着，眼前的人似是一愣，他低了低身子，声音响在她的耳边。

“我知道你是随便说的，也知道，很多时候，你说的话都只是随口说说而已，自己都没有记住过。”那个声音停了停，“可我是认真的。不论是对这条发绳，还是对你的回应。我一直都是认真的。”

只是很可惜，他的认真，在最开始，连他自己都没有发现。

燕绥之的眸色幽深。

若能早些发现，也不至于拖到现在，浪费这么多宝贵的时间。

他微微轻叹。

不过作为一只精魅，他离开生处的时候的确太早，因此，灵智不全，到现在才开完全了意识，也是没办法的事情。

“不过还好，现在知道，也不迟。”

花兮揉揉耳朵，觉得有些耳鸣。她只能隐约看见眼前的人嘴唇在动，却听不见什么，她努力想听，也只听见些零散的字词，拼凑不成句子，也没法儿去弄懂意思。

挣扎了许久，她终于放弃了，只是握住那发绳，手指也顺势穿过他的发……

“真好看……”

她似乎听见有人说什么“你再不放开我，我可不知道后面会发生什么”，还有“你真的要这样继续扯着我吗”，再是“既然如此，我便当你是默认了”之类奇奇怪怪的话。这些话的意思，她一句也想不明白。

她只是看着那红绳：“真好看……”

说罢，身前似是有人轻叹。

“这可是你自己选择的，醒来之后，不要怪我……”燕绥之有些无奈。在认清自己心意之后，他的自制力便如同被滚滚洪涝冲毁，偏偏她还扯着他的衣服，扯得这样紧，不让他走。

花兮并不知道他的挣扎，只是一直重复着：“真好看啊……”

这红绳，自上垂下的时候，会落在她的身上。

花兮笑得傻乎乎的，有些可爱，可爱到让燕绥之一个没忍住，狠狠揉了揉她的脸颊。

可她好像没有感觉，只是迷迷糊糊想着，这根红绳子，在最开始的时候……似乎是她的来着，但现在出现在他身上，搭着他的墨色长发和蓝白色衣衫……

嗯，看着原本属于自己的颜色出现在了他的身上，真是好。

4.

花兮说，自己有很多心里话，想讲给眼前的人听。可是，还没来得及将话说出口便是一阵困意袭来，她也因此迷迷糊糊睡了过去。

或许她自己也没想到，那些没讲出口的话，就这么飘进她的梦里，与她内心深处没想明白的那些东西交织在一起，编成了一些零零散散的画面。

梦里，她坐在桌子上晃着腿，看着少年在离她不远的地方砍柴。

“渴不渴？”她晃着的腿停了停。

燕绥之摇摇头：“不渴，方才你不是给我端了水吗？”

说话间，他像是长大了几岁，眉眼间的青涩全部褪去，对着她也不再那样害羞脸红、不敢说话。那样的燕绥之没有原来好玩了，偶尔她想调戏他，都觉得无从下手。

可花兮并没有不满意。

也许，她早就不只是为了好玩才留他在身边的了。

“说的也是。”花兮其实不记得自己之前做了些什么，但顺着他这句话，她的脑子里又生出些画面，像是真的做过。

燕绥之朝她走来，花兮极其自然地挂在他的脖子上扒着。

而燕绥之也就这么托着她走出去，走到小院里的池塘边上，花兮低头，往水面看一眼，只那一眼便兴奋地跳了下来。

“哇！好多鱼！”她兴冲冲地伸手去捞，“好肥的鱼，我们是拿来炖汤还是红烧？”

身后的声音沙哑，却依然含着笑意："你想怎么吃，便怎么吃。"

花兮一愣，也是这个时候，她从池中看见他的模样。

那是一个中年人，眼角眉间有着深深纹路，穿着的却是她熟悉的蓝白色衣裳，他的袖口、衣领和腰封都是她在一个少年身上见惯的幽蓝色。

再仔细看去，那人的眉眼也依稀是熟悉的轮廓。

"小燕燕？"她迟疑地唤了一声。

身后的人应道："嗯。"

花兮一惊，有些不敢置信似的使劲儿闭了闭眼睛。

却不想，再次睁开，她已经不在池塘前边了。

她跪在一小块青石板上，那石板前边，是一处碑冢。

碑冢上刻的是她熟悉的名字——燕绥之。

"这是怎么回事？"她怔怔回不过神，"这不是真的，骗子，到底是谁这么无聊——"

这一切发生得太快太快，几个转眼而已，叫人反应不及。花兮握紧了拳头，她只觉得自己手指冰凉，却不及自己的心，在看见石碑的那一刻，已然冻结成冰。

她的声音微颤，带着几分怒气、几分震惊和满满的不可置信。是啊，不信，她当然不信。即便心知燕绥之的生命不如自己长久，可他怎么会就这么离开！

兴许是随着这一声响起，眼前的石碑炸裂成末，那碑后的土丘显露出来。

望着土丘，花兮愣了许久。

有风带起枯叶落在那土丘上，草儿一下子全部失了颜色，这一瞬间，花兮只觉得满眼的枯黄，看不到一点儿生命迹象。

在这没有颜色的天地之中，她忽然有些不喜自己这一身的绯红。

这身衣服让她觉得自己与这里格格不入，也似乎不适合……不对，怎么不适合？这里边又不是他，一定不是……

脑子又乱又慌，里边像是有什么东西炸开了，花兮呆了许久。好半晌才走上前去，短短几步路的距离，她却觉得那样远。此时的花兮似乎忘记了惊与怒，只是怔怔的，动作极慢。走着走着，她膝盖一软。

她好像一下子失去了所有力气，直直倒在了土丘前边，伏了一会儿，她勉力伸出手，颤抖着手指，一下一下去刨土。

明明可以用灵力一下子把土除个干净，却偏要选择这种麻烦又累人的方法。也许是潜意识在拖延时间，不愿意相信眼前所见。

也不知道刨了多久，花兮觉得自己的眼睛有些模糊，手也酸痛，连带着，膝盖和腰背都硬得发疼。

她一边在这儿找，一边希望自己找不到东西，如果土里什么也没有，那么这便一定是个玩笑，虽然无聊又可恶，但这一次，她希望是自己被耍了。

被耍了总比真正发生了要好。

虽然以前，花兮总是动不动就调戏嫌弃燕绥之，但她一点儿也不想让他离开。不，不是一点儿，是她半点儿都不想。

可她刚刚这么想着，那土里便露出了个衣角。

白色的衣角。

她顺着往上拂去，接着，见到了蓝色暗纹，再就是被泥土弄得有些脏的红绳。

花兮就此顿住。

她用满是泥土的手揉眼睛，揉得眼里一片干涩刺痛，可她宁愿这样痛着，以为自己是因为被泥土迷住而睁不开眼睛，以为自己是因为这样才会将眼前景象看错。

然而，再次睁开眼，身前是一个已经被清理干净的老人。满头白发，一身白色、仅在衣摆处带着幽蓝暗纹的衣衫，和那被苍白衬得更加鲜红的发绳。

魔界没有苍老这么一说。

不论是几百几千年，还是如她这般活了近万岁，在修为达到一定程度的时候，便会定住，而在那之后，不论再过多久，哪怕灵息散尽，直到死亡，他们都会是一般的模样。是以，她从未想过苍老是怎么一回事。

就像，在燕绥之以前，她从没担心过，身边会有人老死。

可就算没有想过，没有考虑过，在看见这样的燕绥之的时候，她也还是一眼认了出来。

原来，不管你变成什么样子，我都认得出来。还有，就算你这样老，这样老，老到躺在了土丘里，老到只有这身衣服和原本相似……

我也不嫌弃你，我还是很希望你能在我身边。

花兮鼻子一酸。

她已经很久不曾有过鼻酸的感觉了。

“你不是说，不会离开的吗……”

“……是，我不会离开，永远不会。”

有一个声音从很远的地方飘来，飘飘忽忽地钻进了她的耳朵。这个声音很熟悉，只是被碾得模糊，叫人听不清也抓不住。

“骗子……”她带上哭腔，“根本……这句话根本就是在骗人……”

她觉得眼睛有些潮，连带着眼前的一切都被这份潮气糊住，糊得即便是近在眼前的人，她也看不清楚。

花兮一阵心慌，双手往前探着，想要摸到还躺在地上的人。

不论如何，她也要带走他。

哪怕他死了，她也要带走他。

他那样胆小，怕高又怕黑，一定也很怕冷吧？他总是黏着她，一定也会害怕一个人。

可她摸了半晌，什么都摸不到。

这一瞬间，花兮终于再忍不住，哭了出来。

“骗子，根本就是骗子，你说的话是不是没有一句真的，你到底在哪里，你到底去了哪里，你……”

她哭着哭着，抽了起来。

“我在这儿，就在这儿。你怎么了？你睁开眼睛看看我，你……”

身边的人好像有些慌了起来，一下一下为她顺着气。

花兮心底暴躁，想打掉他的手，却在这个时候，透过泪眼看见一张无措的脸。

“你……”

“你是不是做了噩梦？”

少年抢在她之前问道。

花兮不答，只是这么看着他，也不擦下眼泪，只是吸着鼻子看着他。抽抽噎噎，像是受了多大的委屈，像是一下失去了所有东西。

“没关系的，别怕，不要哭。只是梦而已啊。”

燕绥之抱着她，有阵阵温热从他身上传来，可花兮只能记住不久之前她触到的冰冷泥土。那感觉太过深刻，根本不是梦。那根本不是梦。

其实，这才是梦吧？是她伤心过度，以为他还在身边的梦。

她伏在他的肩头，却忽然觉得有点儿不对。

“你怎么没有穿衣服？”

“……”

“我为什么也没有穿？”

“……”

“算了，即便不正经，你还在，便也算个好梦……”

自始至终，花兮的声音都是干涩的，带着燕绥之读不懂的悲伤。只是，他读不懂她的心情，却能读懂她的言语。

“我还在，便算是个好梦？”他稍稍离开她些，强迫性地与她对视。

他望着她哭得红红的眼睛，蓦然有些心疼，疼过之后，又变得柔软起来：“所以，你方才一下子哭得那么伤心，是因为梦见我……不，是因为看见我不在了？”

花兮本来止住了的眼泪又随着这句话再次涌出来。

“你不要说这个，你……你如果知道了，是不是就要走了？你不要走，小燕燕，你能不能抱抱我？你不要离我这么远……我抱不住你，抓不住你，你很快又要消失了……”

她说得颠三倒四，叫人听不懂意思。

可这时候还要听懂什么意思呢？

“嗯，好，我抱抱你，我就在这儿，我不会走……”

这个声音太过认真，太过温柔。因此，即便知道这不是真的，知道他是在撒谎，花兮也没有戳破它。

迎着吻上自己的唇，花兮生涩地回应，揽着他的手也越收越紧。而身前的人或许是惊讶于她的回应，一停之后，动作更加激烈了起来。

那双原本扶在她腰际的手，此时抓得她有些疼。

花兮想挣扎，却在碰到他的时候感觉到对方的颤抖。就是在这一瞬间，原本想要扯开他的动作，变成了顺着他的手臂往上，紧紧抓住他的肩膀。

好像抓紧了，他就走不了了。

吻毕，他稍稍离远了些，声音里带着愉悦："你知道我是谁吗？"

花兮眯着眼睛看他。

我知道，当然知道。

虽然我现在脑子混沌，混沌到自己都有些不清晰……但混沌是混沌，我又不是傻子，我……我怎么可能不知道你是谁呢?

"你是，燕绥之……"

"嗯。"他笑笑，"你知道就好。"

他的胸腔微微震动，弄得她也连带着震起来。

虽然不知道有什么好笑的，虽然在这个时候，这样笑有些破坏气氛，可他们就这样对视着笑出声来。鼻尖相对，呼吸在侧，眼前的人便有些看不清了。

但他的模样已经那样清晰地刻在她的心里，看不看得清又有什么关系呢?

花兮微微笑，强压住那不听话又要冒出来的眼泪，搂住他的脖子。

"我知道你是谁，当然知道。于秋说得没错，我喜欢你，而你既然说不会离开我，想必你也同我一样吧？"花兮说完，忽然觉得这番话有些自恋，害怕被拒绝，急吼吼地便要再插几句，却不想燕绥之闷闷地笑，那一声笑得她整个人都不好了。

果然被嘲笑了，果然要被他……

“你说得对。花兮，我很开心。”

她原本悬着的一颗心顿时放了下来，此时只觉得无比妥帖，只是妥帖当中，又夹杂着几分心酸。

花兮强笑开来，要把那心酸冲淡。

“我就说嘛，我知道的。”她笑着对他说。

有一个吻落在她的额头上。

“谢谢你的知道。”

接着向下，吻上她的鼻尖。

“谢谢你让我知道。”

继而，重又覆上她的唇。

“我爱你。”

第十章

DISHIZHANG

有些东西，我不记得了，没有想过提起，
你也不必在意。

1.

次日醒来，花兮怔怔地躺在床上。

和常人宿醉后的头疼不同，花兮没有一点儿感觉。她的脑子清醒得很，不会迷茫，不会疼痛，连晕乎都没有。更甚的是，前一夜发生的事情，她虽然在那个当下没能看清，却都自动存在了脑子里，半点儿也没有忘记。

也不知道，该说是好还是不好。

思及此，花兮忽然有些恍惚。

正是此时，那些她神志迷蒙时看不清的画面，开始一帧一帧慢慢在她眼前浮现。它们平摊着摆在那儿，让人避无可避。

她……她和燕绥之……

花兮心情复杂地翻了个身，对上枕边人一张熟睡中的脸。

此时不过破晓，天光并未大亮，透过窗户照进来，还带点冷色。

但她在震惊之后，莫名又觉得心底很暖，仿佛，只要能看见他，她就感觉安心。

安心？花兮陡然睁大了眼睛，却又很快释然。时至如今，还有什么好不认的？即便已经醒来，她只要想到前夜看着他离开的画面，她都还是会害怕，那感觉，即便是梦也太过撕心裂肺，叫人无法忍受。

嗯，他还在她的身边，真是叫人觉得安心。

若说昨天晚上，她误将梦境和现实颠倒，以为燕绥之真的就在她眼前过完了这短暂的一生，以为抱住她的少年才是梦，导致她抽抽噎噎了一晚上，哭到整个人都蒙了，哭到几乎窒息……

那么，现在睁眼，看见他还在身边，比一比之前的心情，便感觉真是极好的一件事了。

她想，于秋果真是了解她的。于秋对她的猜测，从未错过。

是啊，不论是过去，还是现在，从未错过。

花兮不是什么喜欢逃避的人，比起畏畏缩缩不去面对，她总认为，解决才是最一劳永逸的方式。从前因为想不通而不愿多想，那是她一瞬的考虑，而如今接受，似乎也只需要一瞬。

她到底不是什么扭捏的小女孩，这样干脆直接才是她的风格。

她喜欢燕绥之，在不晓得多久之前，这份感情便埋在她的心里了。

只是她反应迟钝，又从来不懂感情，是以，一直把那叫玩心，以为自己只是喜欢逗他，并不明白，她每每面对他的时候，笑得那样满足，根本就是因为对他动了心。

伸出手去，花兮点在他的眉眼处，顺着他的轮廓一点点滑下来，滑到脖颈的时候，望着那里一点一点的红痕，脸烧了烧，又强行移开视线。然而，也就是在移开视线的时候，花兮不小心看见自己的手腕。那里有一圈被箍出的红色，顺着望向手臂，再低头……

花兮猛地动作极大地拉起被子，将自己遮了个严严实实，只露出一双眼睛继续盯着他。

再怎么不扭捏，到底是第一次看见这一幕，会有如此反应，应当是正常的。花兮在心里对自己这么说道。

继而继续望着燕绥之。

这个人啊，真是很坏的，平常看着那么老实羞涩，可到了这个时候，简直，简直……

还没在心里感叹完，花兮便看见燕绥之的眼皮动了动，像是要醒来的样子。她一愣，下意识闭紧了眼睛。

虽然心里已经清楚了自己的想法，虽然她也记得燕绥之说过的话，虽然，照现在这样，他们应当算是心意相通了……但她还不知道该怎么面对他。

很难想象，在魔界生生死死闯过来，从小兵开始，靠着自己的能力走到魔君这个位置的花兮，居然会有这样的一天。满心纠结，复杂又矛盾，对着一个人害羞得不敢睁眼。

花兮不是不知道这样有多夙，可这一切发生得实在太突然，突然到她完全没有做过准备。虽然她的人生里也并不是一帆风顺，意料之外的事情实在是数不胜数，但这次和以前的都不同，和哪一件都不同，甚至连个相似的类型都……

可是啊，很多时候，突然只是你以为的突然，是因为从未想过的事情，在这一刻发生了，所以才会觉得突然。

而事实上，所有的一切，早在发生之前的许久，便在命书上定好了，若能提前窥见一二，或许便能发现，所有的“意料之外”，其实都有迹可寻。

花兮看似在熟睡当中，实际上却是紧张得不行。

忽地，耳边传来一声轻笑，那人长臂一揽将她搂进怀里，接着便是一个蜻蜓点水般的吻，在她眉心一触即离。

花兮身子一僵，很快又放松下来。

而燕绥之在感觉到怀中人的反应之后，唇边的笑意更深了些。

早在她伸手碰他的时候，燕绥之便已经醒了。只是他不睁眼都能感觉到她的害羞，于是，为了给她一个缓冲时间，一直忍着，没有睁眼看她。对啊，现在，他真是很想看她。

想着，燕绥之稍稍离开了些，看不够似的盯着花兮。

也不知道过了多久，花兮以为燕绥之该是睡着了，却不想，她刚刚悄悄地把眼睛睁开一条缝，就看见一双带着笑意望着她的眼睛。她一顿，眨眨眼，少年的眼神一瞬间变得有些委屈巴巴。

“我还以为你不想醒来，不想看见我了。”

“怎么会？！”花兮下意识反驳。

燕绥之或许是不晓得她将昨夜记得那么清楚，于是继续皱着眉头，扮着可怜：“其实我也知道，你一直就只是把我当成跟班，昨天晚上说起来也是个意外，倘若你实在、实在觉得不愿意……”

对着一副小媳妇儿样的燕绥之，花兮几乎是条件反射地想要摸他的头，如同以前一样。

“没有没有，我……”她刚想反驳，忽然又想起昨夜一幕幕的画面，于是眉头一蹙，她咬咬牙，“昨天晚上的事，我都是记得的。”

言外之意很明显——

你就别装了。

燕绥之似是意外：“你都记得？”

花兮别过烧着的脸，露出难得的小女儿家神态：“记得的。”

燕绥之微顿，片刻之后又勾起嘴角，面上没有一点儿被拆穿的尴尬，反而在观察了她一会儿之后，忽然心情舒畅起来：“既然记得，又是这样的态度，应该就不是想反悔了。亏我还担心你会因此别扭，不愿意承认。”

在她的认识里，燕绥之一直就只是个小少年，好逗无害又软嫩。然而经历了昨天那一夜，再次面对燕绥之，她背脊微微就有些发麻。

他一直都是这样的?

花兮刚刚这么想着，很快又在心里否定了自己。要说是他一直在她面前表演什么的，这怎么可能呢?他也没有这么做的动机啊。

或许……花兮琢磨着，这样的变化，是因为他长大了?

“你在想什么？”燕绥之在她的肩头亲了亲。

花兮缩了一下，缩完之后，又觉得，左右都已经这样了，好像也没有什么好躲的，于是又放松下来。只是，虽然她从前喜欢逗他，但他每次的反应都带些推拒。

而现在……他们之间，什么时候连这样亲昵的动作都这样自然了?

花兮甩甩头，罢了，没什么好想的，这样扭捏磨叽真是不像她。

她稍稍好奇：“为什么会这样觉得？”

“因为不安啊。”燕绥之将她搂着，声音自她耳后传来，她看不见他的表情，那话里的无奈却听得清楚。

“其实我在很久以前就习惯在你身后看着你了。说是看着，一点儿也没有夸张，真的只能看着，什么都做不了。你也应该知道，人都是会发呆的，我在清醒的时候看你，偶尔发呆，又在脑子里想你，总觉得你对我若即若离，无聊了便逗一逗，遇见有趣的事情，便一个人走得很远。记得有一次，我特意离你远了一些，想看看你会不会发现，你倒真是发现了，却是过了很久，因为怀里的东西拿不下，回头要找我拎，才发现我不见的。”

花兮吸了吸鼻子，讷讷道："我……我难得出来玩一次，有些兴奋。"

“嗯，我知道的，有些时候，你看起来很累，你也说了，出来就是为了放松，这样自然不容易注意到别的东西。”

燕绥之摸了摸她的头，在看见枕边两人的发丝交缠在一起的时候，唇边又带上了笑意。

“我知道，可还是有些不开心。你的身边从来不止我一个，可我刚刚有意识的时候，第一个看见的人就是你，第一个跟了这么久的也是你，当时没有发现，现在发现了，已经有些晚了。我的情绪变化早都牵系在了你身上。”燕绥之轻叹，“你却不是非我不可的。”

“我……”

燕绥之的话里有一句让人觉得莫名其妙，什么叫刚刚有意识的时候？花兮听见了，虽然疑惑，却也没有多想。他话里的情绪那样浓，感染着她也有些心酸起来，哪里想得着那个？

花兮下意识想要反驳，却是一时语塞。她心知自己不是这样，也想这么对他说，可她从来不善言辞，想要辩驳也讲不出来。

“不着急，我只是这么和你说说，没有别的意思。”

花兮撇撇嘴，抱住他劲瘦的腰身：“你是不是在怀疑我？”

你是不是怀疑我，并不如你那般情深？是不是觉得，我这一次，也只是同从前一样，好玩罢了？

“没有。”燕绥之读懂她的言外之意，却是断然否认，“不是怀疑；只是从认识到得到，如今看你在我怀里，觉得这一切都有些太快。进展太快的事情总让人觉得不真实，虽然我已经在心里期盼许久了，也仍然……难免有些不安。”

“我……”

花兮刚要说些什么，门却被敲了几下，有规律的三声。

“喂，还不起来？莫不是被那烧刀子迷得晕乎，起不来了？”

外边的声音，她很熟悉，是于秋。

花兮的眼睛骤然睁大，盯的却不是门外，而是燕绥之。她连昨天晚上的事情都记得那样清楚，又怎么会不记得于秋说过的话呢？

于秋她……

“喂喂喂，你别以为我快死了，就读不到你了。”门外的声音像是知道她的想法，“之前和你说过的话都是逗你的，还真信了？快点儿起来，起来送我最后一程，你再不来，我们可就真的见不到了。”

2.

能把那样不吉利的话，说得理直气壮又带着些张扬的，恐怕也只有于秋了。花兮坐在于秋身侧，握着她的手，一时间感觉又回到了从前。

那个从前其实很苦，又累，生生死死每天都在经历，并不值得怀念。

如果可以，花兮甚至希望自己再不记得，也千万不要回去。

可是，也只在那个从前，于秋才是于秋，才是真正的于秋。

只一夜而已，于秋的灵力又散了许多，花兮不是冥界中人，没有那个本事，也摸不准这寿命的长短。但哪怕再没本事，再摸不准，于秋这副样子，也实在明显。

便如她自己所说，如今花兮见她的每一面，都有可能是最后一面。和她走的每一段路，都有可能是她们的最后一程。

“不过一个晚上，你是做了些什么？”花兮气急败坏，连一旁的燕绥之都顾不上了，只是急急盯着于秋。

于秋面色苍白，原先合衬她的那身红裙，似乎也连带着颜色衰败下来。

“没做什么啊，老老实实待在屋子里睡觉。”于秋浑不在意，反而笑得一脸八卦地打断了她，“怎么样，你们已经搞在一起了？”

花兮被这句话噎了一下：“你说话委婉点儿……”

“反正委婉不委婉也就这么个意思，你知道就行。快点儿回答我，我现在每和你说一句话，都是吊着最后一口气啊。”

花兮想到于秋之前对燕绥之的态度，不由得一愣：“你这，你昨天，你该不会……”

“不会什么不会？”于秋冲她挤挤眼，“这不都是为了你嘛，怎么，还怪上我了？”

花兮被于秋这么一搅，瞬间也明白了之前于秋接近燕绥之那些动作的含义，她心情复杂地点点头。

而于秋极是兴奋，拍拍她的肩膀，强行压低了声音与她耳语："既然你们在一起了，那我死也能死得放心些了。说起来，能在临死之前把你交代出去，我还是很得意的。他是个凡人，不比我，就算死了也有魂魄轮回，而你又是个有主意的人……呀，不管怎么想，我都觉得你们一定能成。"

于秋总是为花兮着想，却从不强行要她接收一些什么，不论是哪一方面的事情，于秋都会以她为出发点。

也正因如此，事后，花兮对此觉得奇怪，于秋分明不过是第一次遇见燕绥之，不知根不知底的，她哪怕再看出些什么、再怎么担心自己没人照顾没人说话，怎么就这么执着，想撮合他们呢？她哪怕再怎么八卦，再怎么看起来不靠谱，也不是这样欠考虑的人。

那时候，花兮这么问了于秋，而于秋笑得神秘。

"我若是连一个人的心性都看不准，也便真是白活了这么多年。他人不坏，而你喜欢，这就够了，你们就该在一起。而之后会发生什么，有什么不好的，都可以到那时候再去解决。船到桥头自然直嘛，直不了，沉了也算一个结局。有结局的故事，不论悲喜，都比耽误着、没发生过要好。"说完，她若有所思，"我从前啊，就是想得太多太杂，忘记了根本，才会导致后来那样后悔，悔得连自己都折进去。"

花兮没听明白，只是下意识想要抱住于秋，给她安慰。

可是那时的于秋，已经虚弱到承受不起带着任何一点儿灵力的拥抱了。

所以花兮只能看着于秋倚在榻上，带着怀念的语气，轻声诉说着一些有的没的，却总不肯对花兮讲自己的经历，不肯讲出她那段未曾开始便已结束的故事。

燕绥之站得有些远，一开始他还将注意力放在花兮她们身上，动不动用可以溺死人的眼神看花兮几眼。后来，在发现不远处的玄衣男子时，眸光不自觉凌厉起来。倘若他没有认错，这个人身上的气息，与那日将花兮引走的人身上的气息，当是别无二致。

这是谁?

兴许是他的目光太过于露骨，那人一个眨眼间，原本专注于花兮那一方的眼神直直投向他。

接着，竟是笑笑，朝他走来。也就是在他朝这边走来的时候，街角闪出一个人影，紧跟在他的身后。

燕绥之眉头一皱。

迟玖。

而能够让迟玖这样恭敬相随的人……

燕绥之心想，这恐怕便是花兮所冒充的那个人，真正的魔教教主。

这个人叫什么来着？燕绥之在心里搜索了许久，却始终没能搜索出一个名字，直到那人走到他的身前。

“这位少侠可是认识在下？”

玄衣男子的声音有些高，如果他只是在同燕绥之讲话，其实要不了这么高的声音。唯一的可能，他只是在借此吸引另一方的注意。

与此同时，花兮身侧的于秋眼帘轻颤。

可那轻颤也不过片刻而已，还是发生在花兮望向男子的时候。

“是你？”花兮皱了皱眉，很快又在看见另一个人的时候舒展开，“咦，还有小玖……迟玖你也在啊！”

迟玖闻声，微微颔首，并不多话。

望过花兮，之后，玄衣男子的目光也便顺势落在了于秋身上。

终于不好再装作没看见，于秋整整衣服，站起身来。她扯了扯花兮：“这位是？”

花兮耸耸肩，没发现什么：“说出来你或许不信，但我也不认识。”

站在玄衣男子面前的于秋笑意恬淡，言语生疏，像是第一次遇见他一样。

那样陌生的姿态，实在让人意外，至少迟玖是有些没想到的。而玄衣男子置于袖中的手，在此时握成了拳。

如果没有读错，她是用眼睛在告诉他——

有些东西，我不记得了，没有想过提起，你也不必在意。

3.

兴许是看见玄衣男子没有回应，转瞬之后，于秋对着花兮笑笑：“呀，讲起来我还有许多要问你的东西。”她戳了戳花兮的脸，“我们上楼说吧。”

说着便要起身，却也就是这个时候，原本模样淡然的玄衣男子一把抓住于秋的手臂，抓住之后，却是连自己也意外了似的，转瞬又松开了。只是，他的眸中带上了些忍耐的意味。

“你又要到哪里去？”

于秋不语，反倒是花兮站了出来。她护在于秋身前，满脸防备：“这位大兄弟，你这是要干什么？”

却是刚一开口，便被一个身影挡住了视线，是燕绥之。花兮还没反应过来，就被身前的人拉住了手，也就是这么一牵，她忽然就没话了。

被人保护和在乎原来是这样的感觉。嗯，真好。

可是，即便有两个人这样拦着，玄衣男子的目光仍是直直落在于秋的身上。

还是那句话，一个字都没换，玄衣男子盯着于秋：“你又要到哪里去？”

“我方才不是说了，去楼上吗？这位……”于秋想了想称呼，纠结半天，“这位小哥，是耳朵不好使还是怎么？”

这句话一出来，饶是迟钝如花兮也感觉到了不对劲。她下意识地钩了钩燕绥之的手指，想要与他说些什么，却不想，燕绥之没有回头，反而顺着花兮的动作牵紧了她。

花兮微愣，想翻白眼来着，最终却是嘴角忍不住勾了起来，她连忙压了压，让自己不至于笑出来。

在说完那句话之后，于秋便再没有去看那玄衣男子。

“喂，大庭广众打情骂俏的，这样真的好吗？”于秋拿肩膀撞了撞花兮，接着若无其事般从燕绥之手上将她的手牵了回来，“我可是真有事同她说，不开玩笑。”

于秋的声音随意，牵着花兮的那只手却在微微发颤，似在强忍着什么。

花兮的目光在她与玄衣男子身上打了个来回，反握住她的手，似是安慰。而玄衣男子于此时不经意般往于秋被牵着的那只手上一瞥，面色晦暗不明。

在第一次看见玄衣男子的时候，花兮便觉得他应该是个行事谨慎的人，这样的人，应当是把什么都埋在心里，哪怕是一句话也要多加考虑才对。

他却在于秋提步离开的时候，再按捺不住似的，皱眉向她——

“你是真的要去说事情，还是在躲我？”

这一声，他喊出来的时候没有刻意控制，弄得小半个大堂都听见了。坐在旁边的那些人或明或暗，都朝这边看来。

于秋却不为所动，仍是背对着他。

那样的角度，玄衣男子或许看不清她的表情，花兮却是看得分明。

若说从前，觉得于秋很不会掩饰情绪，可放在现在，花兮却真的有些说不准了。便如当下，她看似若无其事，唇边甚至还带着笑意，可整个人给人的感觉却是既冷又清。

不带一丝感情的冰冷，经历过绝望之后的凄清。

她会变成这样，莫非……

花兮心念一动，再朝男子看去的时候，已是不自觉带上了些许灵识查探。要说查探，她之前追逐时，对他也有过一次，却只是浅浅在测他的能力。而此时，花兮将灵力凝起，顺着他的血脉流去。

一个周圈之后，花兮的眼睛骤然睁大，她望向于秋，极是震惊。

这个男子虽然体貌行动都与常人无异，粗浅探去也根本探不出来什么东西。可真要是灵力高些的，仔细去看，也瞒不过——

这个人，他的命魂早就破碎散去，按理推来，他当是个死人。

支撑着他继续行走人世的，早已不是他的命，而是于秋的灵元。

“这是……”

于秋握住花兮的手腕，只那一眼，她便晓得，花兮或许什么都知道了。

知道，便知道吧，她本来也觉得瞒不住。

瞒不住她有什么关系？只要他不知道就行了。

“不过一件小事，值得你这么咋咋呼呼？”

于秋拧了她一把，那一下的力度有些大，弄得花兮不由得倒吸一口冷气，搅得燕绥之也朝这边看来。但花兮却完全没有心思在意那些什么疼痛。

“小事？于秋，你对‘小事’这两个字到底是怎么定义的？你别是个傻子吧？！”

在说这话的时候，花兮只觉得有一团火从脚底烧上来，直直烧到她的天灵盖。

关于于秋为什么会变成这个样子，花兮想过许多原因，她也知道，于秋或许是为了一个人。却是没想到过，她做得这样彻底，做得这样干净，连一点儿余地也不给自己留。

凡人死去还有命魂轮回，可身为散仙，灵元散尽，便是什么都没有了。将身后不知道多少的年岁渡给这个人，换他短短几十年，将自己的命魂与他绑在一起，若他有个万一，那么她也会遭到波及。这样的冲动行为，除了傻，花兮找不到别的词形容。

“你才是小傻子，我可清醒得很。”于秋笑着点点她的额头。

花兮却没有半点儿与她开玩笑的意思：“不是傻子做得出这样的事情？于秋，你……”

“嘘……”于秋拿手指在自己的唇边抵了抵，“秘密。”

明明是这样重要的一件事，她却偏偏半点儿不当回事，花兮几乎被她弄得没脾气了，气得笑了出来，传音给她——

“他就是你灵寿将至的理由？”

于秋像是想假装没有听见，只是又掐了花兮一把。这一下掐得很轻，却让花兮的暴躁更重了些。同时，于秋轻悠悠吐出一句话："没有缘由的事情，谁会做呢？可这个缘由，我从一开始就讲过，不想说。"

是啊，不想说。她分明在一开始便问过于秋原因，于秋也分明在那时候便告诉过她，自己不会提起。她怎么忘了呢？她怎么就忘了，那件事情，若要提起，于秋会想哭。

花兮略作沉默，向她道歉："我……我忘记了。对不起。"

而于秋似是意外，一顿，笑开，做出宽宏大量的模样。

"关心则乱，我不怪你。我也晓得你记性不好，以后记住别问就行了。"

花兮点点头，心底像是忽然被压上了许多东西，沉得不可思议。

她不晓得他们之间发生过些什么，也不晓得于秋是在什么样的情况下做的这么个决定，更不晓得，既然于秋都舍得把灵元给他，时至今日，为什么却又假装不认识他？

但不论如何，时至如今，什么都回不去了。

即便她真的将因果经过都问出来，于秋也回不到最初。她的灵元已经被自己全数割裂，放在了男子身上，反倒是她自己，只靠着微弱灵气和与先前灵元一点点的联系在行走着，什么时候灵气散了，她也就随之散了，连具躯壳都留不下。

换句话说，那个凡人纵然遭受再大的磨难，但因为有于秋的仙灵相护，所以不会如何。他要是遭到什么波折，她却有可能因此离开……

“你为什么假装不认识我？你到底在躲什么？”

这时，玄衣男子扯住于秋的手腕。

于秋的腕间本是皓白的，现在却被那人钳得红了一片。花兮当下便有些按捺不住了，想要上前，却不想在男子一句话之后，于秋忽然便换了态度。

她不再闪躲，不再故作疏离，佯装不认识他。反而顺着男子的动作扯住他的领子。

这一切的一切，只因为那一句话。

他说：“你到底是在躲我还是在躲我这张脸？不论你再怎么不愿意承认，莫林死了就是死了，他回不来了！”

花兮几乎是在一瞬间便看见于秋的眼睛红了起来，红得飞快，充血似的。

“于秋……”

“你先走。”于秋艰难地开口，还在强忍着，对她笑，“我忽然又没有事情同你说了，反倒是忽然想起些私人的事情，要和这位小哥讲一讲。”

花兮心下担忧，反而是燕绥之握了握她的手，给她安定。

少年向着于秋颔首，只那微微一个点头之后，牵着花兮便离开了大堂，向外走去。而花兮虽然担心，却也明白，这个时候，自己留下多是帮不上忙的，便也只能随着他离开。

只是，人走了，心却还在那儿。

4.

说来也是怪不容易的。才刚刚将自己的心思理清，花兮还没有来得及想什么未来，想什么两人之间的问题，忽然便撞上自己的至交好友命不久矣这样的事情。

比起觉得繁杂，她更多的是发自内心的忧虑。

“会没事的。”

燕绥之停下，朝她递来一串糖葫芦，也不知是什么时候买的。

花兮接过，抬眼望他。

分明他什么也不知道，不管是于秋，还是那个玄衣男子，燕绥之分明什么都不知道的。在未知的情况下说出来的话，充其量也不过是个安慰，花兮不是不知道。可当他对她说出“会没事的”这句话的时候，她还是忍不住想要相信。

“真的会没事吗？”

燕绥之点点头：“该来的躲不掉，不该来的不会来，都是注定的事情。与其时刻担忧，不如平整心态，在事情来临之前，顺其自然就好。虽然说防患于未然很好，但现在都不知道那个‘患’是什么，想得再多也没有用。”

不过过去了一个晚上而已，他们之间却像是反过来了。花兮变成了那个犹犹豫豫的少年，燕绥之却成了那个万事不挂心的人，对什么都无所谓。

花兮看着看着，忽然伸手掐了掐他的脸蛋："谁说我不知道那个患是什么了？我才清楚呢。"

兴许是条件反射，随着她的触碰，燕绥之的面颊带上微微粉色。可是，他的反应却不如以往，燕绥之动作干脆又直接，毫不羞涩地伸手覆上她的手，笑得温和又纵容："你再清楚，也不会比于秋姑娘更清楚。"

花兮一愣。

的确，她再怎么自觉清楚，也不过是站在第三方的角度在看这件事情，里边掺杂了许多自己的心情，焦急又慌乱，并不客观。而于秋，她经历了一切，如今的种种都是她自己的选择，而她不是那样莽撞的人，不可能拿自己的命开玩笑。

纵然于秋不愿让她知道，不愿提及从前的事情，可花兮能看得出来，于秋并不曾因自己的选择后悔。看于秋的态度，不论是真不在意还是不愿再在意，总之，这些自己想弄明白的，都是她想抛掉的，如今她似乎只想平平静静过完剩下的日子，如若真的是为她好，自己或许也该配合一下，不要多提。

所谓配合，就是在她说没事的时候，不论信不信，都说信。不论她看上去是忧虑还是悲伤，都假装不曾察觉，不曾发现。

花兮站在原地，一个人梳理着脑内思绪，而燕绥之就站在一边看着她，等到她将这些东西理清，他摸摸她的头。

“想明白了？”

“想明白了。”花兮点点头，看上去很是乖巧，可乖巧不到几秒，她又挑了挑眉头，“看不出来啊，你理得这么清。”

燕绥之笑着摇摇头。

燕绥之当然能够理清，因为他对这个并不多放在心上。

又或者说，他并不多关注于秋，却很在乎花兮。

当然，这句虽是实话，他却是不会同她说的，因为他看得出来，她有多关心于秋。所以也没必要说出来让她愤愤心烦。

他不关心那个女子，也不晓得个中缘由，自然不会把自己绕进去，不止不会绕进去，而且再大的事情，只要不关乎花兮，他都可以轻描淡写来分析。

所以，他看见的只是花兮的情绪波动，要来劝她，也不会多提及于秋。

也许这样说来，显得很冷漠吧。可不论是人还是精魅，这一生活着，不论是长是短，都不可能事事在乎，更不可能把每一个人都放在心上。燕绥之从未否认过自己的自私，但这又怎么样呢？于他而言，只要能够解决自己在乎的事情，便已足够。

而就目前来说，他在乎的，只有花兮而已。

“你干什么这样看着我？”花兮挠挠头。

“因为从前没有好好看过。”

花兮脸上一热：“怎么没好好看过？都看了这么久了。”

燕绥之笑道：“不一样。”

从前他看她，多是隔着一层雾。在尚未看清自己的心的情况下来看她，那滋味自然也不大分明。而今，两人算是终于互通了心意，他再看她，便多了几分道不明的情愫。

“哪里不一样了？”

燕绥之摇摇头：“又或者都是一样的。”

花兮觉得自己仿佛被逗了，刚刚想要反驳他几句，猝不及防又被他一句话堵了回来。

“或者都是一样的，都是看不够。”

说这句话的时候，燕绥之的嘴角噙着三分笑意，一双眼里含着星星点点，宛如夜幕星河璀璨，极为勾人。

勾人得让花兮都不由得看得怔了。

说来，花兮一直知道燕绥之生得不错，但魔界中人大多生得不错，是以，她从未过多关注。却是在这一刻，她忽然发现，他竟这样好看。

看不够吗？

或许吧。

只是，看不够的并不是这张脸，而是眼前的人。

因为是他，所以看一辈子都不会厌吧。

然而……

“就算再怎么看不够，人活一辈子，不都只有这么几十年吗？看不看得够，日子都是定下的，也不是由人说了算……”

花兮说着，词不达意，也不知道该怎么表达自己的心情，却偏生想和他念念，以玩笑的口吻，诉说出自己的心慌。

“其实我有时候会想，如果我们都不是人会不会好很多？那样的话，不用受时间的限制，唔，如果真是那样，我一定不当人了！那你……如果有别的选择，你愿意……不做人类吗？”

燕绥之似是惊讶：“你说什么？”

花兮从自己的言论中清醒过来，连忙摆手：“哎呀，随便说说嘛，反正幻想也不用负责对吧？哈哈……一生这样短，谁不想和自己喜欢的人永永远远在一起呢……那个，你也别老以为自己还年轻，人生匆匆，很快就过去了，那什么……对吧？”

她笑得很干，燕绥之也因此陷入沉默。

顿了顿，花兮想，果然，他无法接受的吧？不过换位思考，若她是寻常人，忽然听见有人同她提出这样莫名的东西，她一定也很奇怪。

花兮笑了几声，再笑不出。

然而凡人的生命并不长久，最多也不过百年而已。

而他们之间的“一辈子”，它的时长，又会是多久呢？

从前毫不在意的时间，如今却成了她最为担心的问题。担心，是因为她太害怕失去，太害怕，他们之间的差异，终究要变成跨越不了的鸿沟，早晚会将他们隔绝开来。

这样讲来，那个她试图遗忘的梦，便也终有一天要成真了。

第十一章

DISHIYIZHANG

话说，他是为什么一定要跟着来着？

1.

当花兮再次上路，原本两个人的组合，增加到了五个。除了于秋之外，还多了迟玖和莫辞，莫辞自然便是那个自称“白墙”的玄衣男子，虽然他从未承认，花兮也不大愿意去问迟玖和于秋，但在同燕绥之谈过之后，花兮实在是觉得，他是真正魔教教主的可能性很大。

大到她几乎因为他想放弃去魔教这个行程。

毕竟，哪怕她想通了不要多问多管，也实在没办法不去计较。

倘若不是莫辞，于秋还会是以前的于秋，恣意热烈，也不会失了灵元，损了灵脉，落得如今这般，没几天好活。

骑在毛驴上，花兮又想起那一日被燕绥之拉着离开，完了以后回到客栈看见的那一幕。

在那之前，花兮一直以为于秋只是说说，说说和现实不一样，她当是不会哭的。却不想，是真的。

“你回来了？”

当时的于秋见到花兮，微一仰头，表情是若无其事，眼圈却红得不可思议。她的面颊上还有泪痕斑驳，却偏生倔得不肯表露。

花兮原先垂在身侧的手握紧成拳，却也配合她演。

“嗯，回来了，你们谈完了？”

“谈完了。”

话音落下，两人一时无话。

沉默许久，还是于秋先开的口。她笑得勉强又真心：“听说，你这次行程的目的地是魔教？可真巧，我也要去那个地方，我们搭个伴儿吧。”

花兮忍了忍：“好。”

“喂。”于秋戳一戳她，“你好不好奇啊？关于我去那儿的目的。”

“好奇好奇，我都快好奇死了！”花兮佯装无事，“怎么了？”

“没有，我就是想告诉你。我去那儿，是祭奠故人的。”她眨眨眼，睫毛有些潮湿，“说起来，那个故人，还和你沾着点儿关系。”

花兮一顿：“和我沾着点儿关系？”

于秋耸了耸肩：“嗯，如果不是听说魔教教主在这附近，我也不会来找，也不会遇着你啊。”

花兮有些意外：“教主？你……你认识那个教主？听见他在这附近，所以你便过来了。这么说，你是在找他？那莫辞……不不不，那你祭奠的那个……不不不，哎呀，那个我还是不问了……”

大抵是真的没有想到，真的太过意外，花兮一时惊讶，连着说出一串没有条理的话。

听完，于秋揉揉太阳穴：“嘘……你问题真多，弄得我头都疼了。”她揉完之后，将眼泪都收了起来，“不过，我忽然又什么都不想说了。”兴许是觉得这样吊人胃口很好玩，她难得笑了出来，带点儿得意，“怎么样？是不是憋得慌？”

比起憋得慌，花兮觉得，能在她的脸上看见笑意这件事情更值得在乎。她却还是翻了个白眼：“对啊对啊，憋死我了，不过你爱说不说吧。”

于秋笑弯了眼睛，带出很轻的一声笑，而后紧接着的，又是一叹。

“能在临死之前，再见你一面，再去见他一面，想一想也是很圆满了。”于秋深吸口气，“花兮，谢谢你啊。”她说的分明是“谢谢”，听在耳朵里，却总像是在道别。

花兮想着，耳边仿佛又出现于秋的声音，思及此，眉头不自觉皱了皱。

她伏在驴背上，望向身侧多出来的马车，那里边坐着的便是于秋。只是，还没望多久，就被燕绥之打断了。他握住她的手，无声地用唇形说出“放心”两个字，眼睛里，满满当当的，全是关切。

花兮微愣，顺势回握住他的手，看也不看另一旁骑着马的迟玖和莫辞。倒不是她真的那样厌烦他们，一眼都不想看，只是根据这几天的经验，若是她真的偷摸去看了，燕绥之多半是会吃醋的。

便如前些时候，她想去与迟玖打探莫辞底细的情形一样。

歪了歪头，花兮像是忽然想到什么。

“小燕燕啊。”

她这几日一直沉在于秋的事情里，算一算，已经有些日子没有真心笑过了。如今这样饶有兴致地唤他，倒是叫他觉得惊喜。

“嗯？”

“说起来，以前我留迟玖在身边，你反应那样大，当时我没有多想，现在看来，是不是你从那个时候，便很在意我了？”

燕绥之略作沉吟，似是在回忆，只是还没回忆多久，又笑了出来。

花兮看在眼里，挑起他的下巴。

“到底是不是吗？”

“不是。”燕绥之否认得极为干脆，“真要说起来，或许早在那之前的许久，我就已经很在意你了。”

这个“许久”，真要追溯起来，可以说到他与她的初见。

那份在意的最初形态，是他意识刚刚清明起来，看见断崖边的一抹红，看见那个身影落下去。他没看够，想去追，故而，哪怕灵识还没有完全成型，哪怕灵台尚未清明，他也还是离开了那座山。

自那开始，一直追到现在。

真的许久了。

花兮听见他前边的话，本来以为他是害羞，所以想要否认。一下子听见他的补充，又觉得这个孩子越发没个正形了，这样的话随口就能说出来，都不知道害羞的。

可这样的他，真是叫她喜欢。

往花兮这儿瞟了一眼，又往望着马车的莫辞那儿轻轻一瞥，迟玖忽然觉得自己有点儿多余。

但想是这么想，那张面瘫脸上并不会出现什么其他表情。他骑在马背上，板板正正的。话说，他是为什么一定要跟着来着?

2.

与最初竭力阻止花兮去往魔教的时候不同，再次遇见，迟玖变得非常安静。虽然他之前也并不多话，可这样比一比，那时的他还是很活泼的。

这边，花兮一边顾忌着燕绥之，一边担心着于秋，自然没有什么心思去理会他。而那边的迟玖，他也像是没这个意识，只知道跟在莫辞身后，也便一直没有同她说话。

直到这天傍晚。

燕绥之出去找吃食，于秋又在马车里睡着了，花兮没有人陪，便一个人坐在树上，晃着腿看着下边的景象，整张脸上都写着无聊。

迟玖像是做了什么思虑，于另一侧翻了上去。而莫辞只是掀了掀眼皮，并没有多去理会。

“哟，小玖玖……”花兮刚要开口，很快想起什么东西，咳嗽几声，将领口提上了些，试图掩住脖颈上的什么痕迹，“迟玖啊，好久不见了。”

这样生疏的语气，说出口来，真是半点儿不像花兮。

可又有什么办法呢？某个人看得那样严。

花兮半是郁闷半是得意地想着。

对她的动作，迟玖只装作没有看见。

“花兮姑娘，我来，是有事情要问你。”和从前一样，迟玖还是这样单刀直入，不懂委婉。

“看出来了。”花兮摸摸下巴，随着她的动作，绯色衣摆自树上垂下。她坐得不高，只离马车稍微偏了一些，而莫辞正巧便是坐在马车下。于是，在风吹过来的时候，她的衣袂几乎要碰到莫辞的后背。

花兮却浑然不觉，也并不打算掩饰：“你要说什么？”

迟玖稍顿，微不可察地瞥了一眼莫辞。

“可否借一步说话？”

花兮想了想，刚要答应，却是这个时候，不远处有夹杂着马蹄嘚嘚的人声传来。

这个气息有些熟悉，熟悉到，花兮收在心窍里边的一缕精魄都因此跳动起来。

她眸光一凛，于这一刻，仿佛又闻到了火烧火燎的烟雾味道。

是那夜大火焚村的行凶者。

她一跃下树，朝着某个方向疾行而去，动作快得让迟玖都有些反应不及。可即便不知发生了什么，见到花兮这般架势，他仍是下意识跟了上去。

坐在树下的莫辞眸光一闪，还未起身，便被身后的动静吸引住了。

莫辞看着于秋掀开帘子，先前的几分防备尽数在他眸中化成了复杂之色，但很快，又被他一个垂眼掩了过去。若是从前的于秋，不管他变得再快，也不可能发现不了，可如今她灵脉受损，五感也渐渐散了，对外界的反应一点点慢了下来，实在注意不到。

“那边像是有什么事情，你不要出来。”莫辞别过头，小心翼翼地用余光看着她。

于秋却像是没有听到，只往花兮离开的方向看去：“倒是许久没有看见她生气了。这副被激怒的样子，和从前一样，好像没有什么变化。”她顿了顿，“大家都没变，真好。”

莫辞不知道她在说什么，可不管她在说什么，他都想同她搭话。

“那你呢？”

只可惜，他这句话搭得不太对，不对到不如不搭。

于秋顺着他那句话想了想，笑得有些苦，没有回答。

她吗？她若是同花兮一样，那便也看不出、讲不出，这变没变的到底好不好了。人在没变之前，或者变得更好之后，都是想不到这些事情的。

而另一边，迟玖虽然在最开始没有发现异常，却在跟着花兮站定之后，心底暗暗叫了一声糟糕。

这是离来人不远处的一片树林，花兮隐在树后，侧身向前看去，迟玖不知道花兮认不认得他们，但不管她认不认得，他总是知道的。这些人，来自武林盟。

迟玖静下心来，快速地点了点人数，也在记忆里找寻那些都是何人，越看，心便越沉。来者人数不多，却也绝不算少，并且这些人里，大部分都是能叫得出名号的人物，算是武林盟的精干部分。

看来他们这次是真打算要一举攻下魔教了。

与迟玖不同，花兮的目光一直锁定在一个人身上。

那人很是年轻，却并没有因此而减弱身上气势，他一身劲装，在人群中显得气质卓然而不冷冽，一头墨发束成高马尾，就背影看来，实在不像个习武之人，反倒像个翩翩公子。

可就是这样一个人，却似是来人之首。

花兮用手肘捅了捅迟玖："那人是谁？"

武艺高强之辈，自是五感通透，能够辨别的范围也广得很，尤其对于声响变动一类。是以，在花兮开口的时候，哪怕知道他们这边与那儿的距离不近，迟玖也吓出了一身冷汗。

虽然知道她大大咧咧，行事从不多考虑什么，此时的迟玖也有些迟疑，毕竟花兮的声音太大了。

花兮转头，似是不耐烦："你放心，他们发现不了我们。那个人是谁？"

迟玖又往那边扫了一眼，恍惚间似乎看见空气里有水雾凝成的透明屏障挡在前边，可他一个眨眼之后，那水雾又不见了。他一愣，兴许是看错了。

罢了，不重要。

比起看花眼这件事，他更惊讶的还是那群人的反应。虽然他们方才的声音大了些，可那群人里，竟是真的一个有反应的都没有。他有些莫名，然而，一想到站在自己眼前的女子，瞬间又放下心来。似乎只要有她在，什么奇怪的事情便都不奇怪了。

"那是玄玉门长老，姓薛号长清。"迟玖说道，说完又有些尴尬，"名字忘了。"

花兮若有所思般点点头。

武林之中，她知道的不多，却刚好记得一个玄玉门。那是燕绥之的门派。

那些人处在的是一处酒肆，花兮虽然与那边离得远，却借着释放出的细微灵力，将他们的言语听了个一清二楚。而迟玖只能察见他们的动静，至于具体的，什么都听不到。

也不晓得是怎么的，先前花兮还在凝神听着，那边讲了什么东西，哄笑一番之后，她周身的气势在这一刻发生改变。正是这时，那长清长老眉头微皱，站了起来，像是说了几句什么话，惹得座下一片面面相觑。

花兮与薛长清的变化几乎是同时出现的，可想而知，方才应是发生了些什么事情。可迟玖却没有听见，他只能凭着眼睛来判断。

而他所见，最为直观的便是花兮一双含着怒气的眼，与她朝着人群迈出的步子。想到她从前的性子，迟玖恐生万一，连忙握住她的手腕。

“你别冲动！”

花兮的火气还没消下去，对着迟玖就是一愣：“冲动什么？”

“他们人多，不论是什么缘由，现在动手都极为不明智。”

迟玖讲得认真，花兮却突然笑了出来。她一勾唇角，下巴微扬，看起来极为嚣张：“你是觉得我打不过他们？”

迟玖忽然冒出一背冷汗。这还用问？这样的阵势，任你再怎么强，也是打不过的啊！

两人对峙许久，即便他没有回答，花兮也仍在他的眼睛里看见了答案。

花兮不屑似的："小看我。"却也意外地收回了之前的气势，转而嬉笑起来，"不过呢，我现在不打他们。"

笑着笑着，眼神又冷下来。是啊，她现在不动手。不是不想，而是觉得，他们若是这样就死了，那也实在是太便宜他们了。

3.

恰时有风吹过，风沙落后，在花兮的身后，多了一个人。

"你们在干什么？"

花兮回头，微感意外，是燕绥之。

他眉头微皱，冷着脸向他们走来，强硬地插在了她和迟玖中间，一双眼睛死死盯着握住花兮的那只手。

花兮见状，很快明白过来，嘻嘻地看向他："小燕燕呀，我觉得吧，你可能是误会了。"

此时，她只觉得燕绥之吃醋的样子看上去很可爱，恨不得多逗一会儿，毕竟他已经很久没有这么可爱过了。大概是抱着这样的想法，是以，她便是解释也并不认真，看起来随意得很，非常不诚心。

"嗯，我信。"燕绥之认真地望她一眼，很快又转向迟玖，"还不松？"

迟玖一愣，放手。

大兄弟，你这个表情变得有点儿快啊。

在迟玖松手之后，燕绥之嫌弃似的，飞快握住花兮的手腕，一下一下轻轻摩挲着，恰恰就是迟玖刚刚碰过的地方。

迟玖：“……”

不知道为什么，感觉自己很多余。他佯装不觉，盯着那群人，做出探查的模样。

他的这番动作有些刻意，然而花兮却是毫无所觉。

花兮在那群人和迟玖之间打量了一下：“那些人现在不会有动作，也没什么好看的，我们走吧。”她说着，反扣住燕绥之的手，十指交缠，“天色不早了，我们得快点儿赶到邻近的村庄。至少得在明日太阳落山之前。”

迟玖一顿：“哪个村庄？”

花兮回忆了一番：“似乎是叫……昆村？”

迟玖似是意外，掩眸不语，只是微微颔首示意。

也是这个时候，花兮忽然又想起什么：“对了，你之前叫住我是要问什么来着？”

迟玖望了燕绥之一眼，对方却完全没有要离开的打算，反而气势不减地与他对视着。这般情景，实在是弄得他有些无奈。虽然在很早之前，他就觉得这个少年对他的态度有些不对劲，可那时再怎么样，也没有这么不对劲。

而现在……

好吧，即便是迟钝如他，也终于看出来了。

迟玖一拱手，随后贴近燕绥之轻声道："我对花兮姑娘没意思，只是有些事情需要问她，若有外人在场，实在很不方便。"言外之意，其实你不必对我这么警惕的。

"嗯？"燕绥之在听见"外人"两个字的时候，眉头便挑了起来，半点儿也不放松，"事无不可对人言，如果你真有什么，不能直接说吗？"

迟玖顿了顿："是一些私事。"他稍停，又补充道，"同于秋姑娘有关。"

在听见于秋两个字的时候，花兮终于从燕绥之背后走出来，收起了之前看戏的态度。

"什么？"

花兮顺着迟玖的视线，望向依然不肯松手的燕绥之。

"小燕燕啊……"

"嗯，我在边上等你。"

迟玖："……"

这个态度转变得实在有点儿快了，快得让人无话可说。

待得燕绥之离开，花兮转向他："你说，这件事同于秋有关？是什么？"

从之前的情绪里转到另外一层，迟玖抿了抿唇，忽然严肃起来："我有一件东西，必须找回来，可是……"

花兮打断了他，根本没有听进去似的："她从前在魔教发生过什么事吗？”问完又追加一句，“你先回答我的问题，等你回答完了之后，有什么东西再问我。我是个急性子的人，等不得，等久了，你再问我什么，我可不一定能回答得出来。”

迟玖再次语塞，他一向能忍，这一次，却握了很久的拳头才将心底的疑问压下去。

迟玖顿了顿，妥协下来：“我知道的并不多，花兮姑娘想问什么？”

花兮其实也不知道自己想问什么，或者，就算她真有想问的东西，迟玖能清楚些什么呢？他们看见的永远只会是浮在表面上的东西而已，再往深了说，不管是于秋的灵元，还是她灵脉受损这件事情，他都应该不会晓得。

虽然于秋总讲自己是个将死之人，花兮也从没有当面反驳过她什么，没有对此发表过什么言论。可在她心里，却是一直惦记着一件事情。

如果，如果能弄清楚因果，如果能找回于秋的灵元，如果她晓得了一切也找回了一切之后，说不定，她可以借着秘法，让于秋回复到最初……

那样，于秋是不是就不会死了，是不是就能回到过去？

当然，想是这样想，但她也断断不会告诉于秋的。

花兮从来不曾否认自己的自私。她想要于秋活下来，非常想，想到甚至不愿意去顾及于秋自己的意愿。

她……

她真是一点儿也不想失去于秋。

花兮想了想：“你是什么时候认识于秋的？”

迟玖道：“要说见面，应该是在三年之前，可听见这个名字，却是在四年前，我教前任教主回来的时候。”

“前任教主？”

——你到底是在躲我还是在躲我这张脸？不论你再怎么不愿意承认，莫林死了就是死了，他回不来了！

——听说，你这次行程的目的地是魔教？可真巧，我也要去那个地方，我们搭个伴儿吧。

——我去那儿，是要祭奠故人。

花兮的脑海中忽然闪过几个画面。

“你们前任教主，是叫什么名字？”

迟玖稍稍停顿：“莫林。”

果然，花兮心下思忖。

“你说，第一次听见于秋的名字，是因为你们教主？”

迟玖点点头：“正是。”

4.

据迟玖所说，他第一次听见于秋这个名字，还是在四年前。当时不比现在，魔教的根还扎得极稳，即便偶有动荡，那也是内部的事情，不难解决。在那个时候，即便强大如武林盟，也是断然不敢轻易挑衅的。

可这都是外人眼中的样子。

事实上，当时的魔教正经历着一次最为严重的内乱。

魔教之中，除却少主莫林，副少主莫辞，权力最大的，便就是左右双护法了。可也就是那个时候，左护法杨鸣叛出魔教，带着教中机密投入了武林盟一派，致使原本稳定的局面生出动荡。

当时的老教主怒不可遏，少主莫林自请追查此事，领了命之后，次日便动身离去。

这桩任务并不容易，他却完成得极快，在很短的时间内便将杨鸣抓捕回来。然而，抓住了人，却没追得回那些信息。更为重要的是，杨鸣在叛逃之时，带走了魔教地图和一把密室钥匙。

魔教之中，哪怕是最为简单的一条路，相对于外边而言，机关都是很复杂的了。他们无意扰人，也并不愿意多被打扰，长期以来，可以说是占着地势和机关的优势，以此规避外人，使其不敢进攻。

可想而知，若是这个优势被破，后果该有多么的不堪设想。

“这个和于秋有什么关系？”花兮听了冗长的一段描述之后，不免乏味。

迟玖道：“便是因为这样，教主才会认识于秋姑娘。”

“哦？”

迟玖道:“前教主……或者说,当时还是少主的前教主,他心底愤愤,又实在放心不下,于是再一次亲自出去追踪调查。那时也不知他是遇见了什么危险,听他说来,自己似乎是被一位姑娘救下的……”

“是于秋?”

“对。”

“于秋就是喜欢管这种闲事。”花兮撇撇嘴,浑然不想,当年的妖兽战场之上,她也是于秋管过的一桩闲事,“然后呢?”

迟玖停了停:“我教虽声名狼藉,自古也因所习武功路数不符常规而被人误解,但教中之人却不无赤诚。受了这样的救命之恩,少主自然是感激的。”他一叹,“中间的细节我不可知,只知道,后来,少主与于秋姑娘两心相属。要说的话,我同少主自幼一起长大,虽是主仆,不敢逾越,心境上却更像兄弟。当时,我也是很为少主高兴的。”

花兮停了停:“那再后来……”

迟玖一叹:“后来,少主亲眼见到于秋姑娘将地图交给了武林盟的人。”

从上一句到这一句的转变太大,大得花兮都不由得莫名。

“你说什么?!”她很快又道,“这中间定是有误会的!”

迟玖不语,沉默良久。

“这中间有没有误会,我一个外人,实在不知道。我只知道,老教主在那次围攻之中死去,少主不久回来继承了教主之位,再后来……”

“再后来,他们就老死不相往来了?”

“不，再后来，教主整顿完魔教之后，又去找了于秋姑娘。”迟玖怔怔地望向远天，“那时候我虽然有些意见，也和教主提过，让他别去，但他从来执拗，不肯听劝，不止不听，还和我大打出手，我被他重伤，心下有气，便只看着他离开……倘若能够回到过去，我就是死了，也不会让教主走的。说起来，花兮姑娘，你知道吗？教主真是个厉害的人物。当时的魔教，说是空有其表、被蚀成虚壳也不为过。教主劳心许久，夜不能眠，短短一个月时间不到，人便迅速憔悴下去。可教主被誉为奇才，也不是徒有虚名的。”

花兮接道：“他把魔教整顿好，去找了她，然后呢？”

迟玖别过头去：“没有然后了。”

“什么？”

“没有然后了。”迟玖的神色不明，“教主出去之后，没再回来。他死在了武林盟，我不知道当时具体情况如何，只听说，他是因为于秋姑娘才会……”

花兮已经不知道该怎么表达自己的震惊了。可震惊之后，她又想到一件事。

“对了，你说莫辞在当时是副少主，方才用的称呼，也是前教主……那么，现在的教主，是莫辞？”

迟玖顿了顿：“不是。现在的魔教，没有教主。虽然我教与外边从来不通消息，但到底都在武林之中，哪能没几个眼线呢？只是，前任教主离开之后，那些人再没得到过我们的消息，我想，他们便是因为几年前我教元气大伤，加上如今毫无消息，才会有‘讨伐异教’这个动作。也正是如此，在姑娘出现时，那些人才会误以为魔教新一任教主，竟是个女子。”

是啊，就是这样，她才会被他们误以为是魔教教主。否则的话，不论如何，哪怕他们手上有一点儿关于此事的消息，都不该生出这样的误会。

花兮听着，忽然觉得有些奇怪。她在成为一界之主之前，也曾是魔界一员，经历了这两重身份的转变，她比谁都清楚，一个团体没有个“头儿”，牵系有多大。而魔教，这样大的一个组织，说到牵系，也绝不可能小得了。

“为什么你们宁愿空着教主之位，都不考虑莫辞？”

迟玖道:“前教主是因于秋姑娘而死，这个消息，是副少主传回来的。他说自己是亲眼所见。”说完又皱起眉头，“可这件事，实在太过蹊跷。副少主并不是心思简单的人，那番话却多有漏洞，因此……”

“因此，你们怀疑，他……”

迟玖打断她：“并不是怀疑，又或者说，与此事虽有干系，但也不大。”毕竟是教内秘闻，他也不愿就此多说，只一语带过，“不过长老们多有考虑，觉得不适合罢了。”

而这时候，花兮又抓住一点：“倘若真是于秋杀了莫林，你不会是这样的语气，也不会来找我问与于秋相关的东西。这之间是不是还发生了什么？你是不是还知道些什么？”

“我……”

“照你所说，于秋一直到那时候都是无事的。可你不会看不出来，她现在是什么样子。你说，她变成这样，是不是同这件事有关系？她是不是……”

迟玖刚要开口，却不妨花兮身后传来一个声音。那个声音很是虚弱，却比任何响动都更震耳朵。

“你在问他什么？不是说不好奇了？”

花兮一怔，回头：“于秋……”

于秋脸色苍白，也不知道她听见了多少。

“我……对不起……”

“我知道你在想什么，即便你不说，我也是知道的。”于秋摸摸她的头，“但没有用了，你以为灵元是什么东西？和财物一样，即便丢了，只要还在，就能够找得回来吗？呵……灵元啊，散出去就是散出去了，我比谁都更清楚这具身体。我同你说自己命不久矣，便是真的活不久，救不回了。”

“于秋……”

于秋转向迟玖：“那你呢？你又有什么想问的，为什么不来直接问我？”

迟玖转过头去，不再看她。

“我知道你恨我，我记得你当年立的毒誓，我不否认，魔教从当年繁盛走向如今，同我有很大的关系。”她说，“我也觉得，在某种意义上，这都是我害的。”

她讲得平静，却也因为太过平静，让花兮有些不安。花兮扯了扯于秋的袖子，却没能将她扯停下来。

于秋继续道:“迟玖,你发誓不与我说话,那么你不要说,听着便好。”她脱离了花兮，“你要找的那样东西，早在阿林来寻我之前，就被毁了。即便花兮与我再怎么相熟，这些事情，她也是不知道的。你方才同她讲了这么久，应当猜到了吧？你看，她比你知道的都少。”

迟玖眼睫微颤。

“不过，虽然那个毁了。”于秋停了停，“但我复刻了一枚。”

于秋摊开手，掌心上卧着一枚小小的印章。那是血玉雕成的，图案看上去有些复杂。

“我一直留着它,是想做个纪念,在此之前,我并不晓得这枚章子的来由,现在知道了,想还给你,也不晓得复刻品的话,还有没有意义。”

迟玖连肩膀都颤抖起来。他望向于秋掌心，眼睛像是被那血玉染红了颜色。

良久，伸手。

其实，在花兮眼里，倘若一件东西毁了，那么，即便意义再怎么大，再怎么难得，毁了就是毁了，就算复刻出来也没有用。

不是所有东西都能复原的。

这个道理，或许每个人其实都明白。

只是，再怎么明白，也还是会有人自欺欺人。

迟玖拿过那枚印章，紧紧握在手里，一言不发，只是提步离开。

他从来都是沉默的，但从前，即便沉默，花兮也能在他眼里看见情绪。拥有这样一双眼睛的人，想必内心应该很丰富，只是不善表达罢了。

却是第一次，花兮在他的身上，看见了沉默之上的沉寂。

他分明拿到了那个东西，分明也握紧在了手心里，却一瞬间低落灰暗下来，仿佛失去了所有一般。

习武之人大多灵敏，此时的迟玖却是步履蹒跚。

花兮盯着他的背影，许久：“他拿着的到底是什么？”

于秋轻笑：“一个复刻品罢了。”

“嗯？”花兮转向她，很快又反应过来，想扯开话题，“算了……”

“不过是一枚印章，还是一枚复刻出来的印章。”于秋却兀自接了下去，只是，却不像是在同她说话。

“花兮啊。”

“什么？”

“燕绥之发上那根红绳是你绑上去的吧？”

花兮也没想到，她会转移话题转移得这么快：“是啊。”

于秋似是想到什么：“你猜，若是有朝一日，那红绳被毁，怎么也找不回来……到那时候，他会怎么样？”

花兮答得快："若真如此，我便再送他一条。"

于秋微愣，不久又笑笑："对啊，你是花兮啊。"她说得理所应当，"你就该是这样的，这样很好，你千万不要变。"

风中有小虫闪过，蹭到花兮脸颊上的时候，她觉得有些痒，下意识地挠了挠。

她记得，于秋也很怕痒的。

清亮的水色挂在她的脸颊上，从眼角滑落到了下巴。然后，那颗水珠挂在那儿，欲落不落。花兮想，那样应该也很痒吧?

于秋却似乎并不想动。

"你是不是不怕痒了？"

于秋笑笑，泪滴晃了一下，摔碎在地："嗯，不止不怕痒，很多以前面对不了的事情，我现在都可以了。"她想做出得意的模样，却是意外的哀伤，"是不是很厉害？"

"是，很厉害。"

花兮配合着她笑笑，却觉得自己有些想哭。不知道为什么，她看见这样的于秋，只觉得心疼，心疼得想抱住于秋，想陪着于秋一起哭一哭。

第十二章

DISHIERZHANG

等这桩事情完了，
我便随你回家！

1.

魔教的具体入口在哪里，除了魔教中人，没人知道。虽然花兮有办法查到，但她并不愿意在这个地方施放出自己的灵息去探查。毕竟于秋的身子已经虚弱到禁不起一点儿灵力波动的地步了。

可就算找不到入口，据花兮所知，这块地界也应当差不多接近了。

花兮趴在毛驴上，望着不远之处的昆村，有一下没一下地玩着缰绳。

“这真是个普通的村子吗？”

她随口这么念了一句，不远处的莫辞听见，微不可察地皱了皱眉头，像是在忍耐着什么。

说来，自从昨日迟玖自于秋手上拿回了印章之后，当晚便因为什么事情急急离开。他走得很快，又非常突然，突然到即便是莫辞也觉得有些惊讶。毕竟是这种时候，又是在这种地方，以迟玖对魔教的在乎，如果不是万分紧急的事情，他想不出迟玖会去到哪里。

会不会……

不，不会的。

莫辞藏在袖中的手指被捏得发白。迟玖从来多心，但这件事情，他怎么会知道呢？

迟玖为何离开、会去哪里，这些事情，在这儿，论起来，他与迟玖应当算是最熟的了。如果连他都不知道，那么，旁人便也不可能知道得更多了。

可是……

他眼皮一跳，跳得又让他微有不安。

迟玖到底会去哪儿呢？

“你们觉得这里是不是有些不对？”花兮问。

燕绥之认真回她：“似乎是有些。”

若是寻常的村子，即便人口再少，也不该在白日里都荒凉至此，一个人影都寻不见，但要说这是个荒村吧，里边又实在是有活人气息的，且还不少。

花兮摸着下巴，想到前一日从那些武林盟人口中听见的话，忽然有了一个大胆的猜测。

她状若无意："说起来，魔教的入口，似乎就在这块地界了，可为什么，我们怎么都找不到呢？小燕燕，如果你是魔教建造者，会把入口藏在哪儿？"

燕绥之略作沉思："大隐隐于市。"

"不错，很多时候，最危险的地方就是最安全的地方。可那样的话，要从入口到教中，路途遥远，需要多花很多工夫，其实不大方便。"

燕绥之望着她笑："正是。"

"那个，那个叫莫辞的，"花兮倏地回头，"这一路上，你是不是都没说过话来着？你别是个哑巴吧？"

这句话是她故意说来激他的。

莫辞虽然话少，但也不至于什么都没说过，更何况，他只要对着于秋，从来都是很多话的。虽然讲的要么让人不喜，要么都是废话，话里也多是带着刺，但在于秋面前，他的确总是这样，面上沉着依旧，行事却莽莽撞撞。

矛盾得让人不晓得该怎么评价。

"想问什么，直说就是。"

莫辞对人总是这样，不冷不淡，看似亲和，仔细想想，话里分明又带着疏离。

“既然如此，我也就不兜圈子了。你是魔教中人，地位不低，不可能不知道入口在哪儿。我实话告诉你，那些武林盟人或许没有具体明细，却晓得你们的入口所在，是一处靠山的村子里边。”她想了想，还是决定说得更加具体，“是在村中的一口枯井里。”

莫辞的眼瞳微微放大。

“他们这一路走来，杀人放火，也是做得挺多的，找你们的地盘还把做的事情推到你们身上，你们也是真能忍。”花兮歪着头看他。

“我知道，你们不信我，所以呢，他们的那些计划，我写在这上面了。”

“你从哪里知道的，知道些什么？！”莫辞听了这些话之后，神色越发冷静，眼里却有慌乱划过。

而花兮不答，只是扬手，将一个册子扔过去——

莫辞还没来得及思考这是不是什么暗招，身体便先他脑子一步有了反应，将其稳稳接住。一定，低眼，正巧望见册子上一幅小图画，以及那边上的书名：《楚馆遇见大官人》。

饶是他再怎么处事淡然，此时，也忍不住将眉头抽了抽。

“别这副表情嘛，我又没有随身带纸张的习惯，只能写在看过的话本上了。”她一脸无所谓，“我本来呢，是很想自己动手的，毕竟我这个人难得见义勇为一次，也许久没有过这样热血的冲动了……”

闻言，莫辞稍稍放下心来。

依她所说，怕是所知不多。

她耸耸肩："可没办法，你们这样不信我，不止不信，还防着我，我再跟着你们，反而耽误事情。"说着，有意无意又加了一句，"不过，人心真是复杂啊，复杂得有些可怕呢。你说，为什么会这样呢？"

听到这儿，燕绥之握住她的手，花兮感觉手上一暖，原先的抑郁在这一刻尽数消散。她笑弯了眼睛，反握住他，顺势从驴背上跳了下来，正扑进他的怀里。

她望着燕绥之："所以啊，我们走了。"

这时候，于秋掀开马车的帘子："走了？不是说不走的吗？"

"嗯，想了想，还是走了。"

她们的对话有些莫名，毕竟，在此之前，她们似乎没有就"走不走"什么的讨论过。

花兮贴近她，以只有她们俩才能听见的声音缓缓道："就你那打算，就你想做的那些事，我可看不得。"

于秋愣了愣，最终什么也没多说，只是假装没听见，笑着同她挥手："说走就走，想一出是一出，什么时候才能改改？你这样子，总是叫人措手不及。"

"改不了改不了。"花兮摆摆手，"对了。"她扔过去一枚玉玦，"这个你戴在身上，千万别掉了，它……它和我有感应的。不论如何，你的最后一面，我得来见见啊。"

于秋灵脉受损这一桩事情，花兮一直避讳，此时却毫无顾忌地说出来，且说得这样轻快，好像什么都不在意了似的，倒是叫人有些想不到。

就像，昨夜于秋来找花兮商量某桩事情的时候，她并没有想到，花兮会那样干脆接受，不阻止，也不多劝她。不过，她就该是什么都不在意的。

这样也好，这样才好。于秋想。不论是妖族、仙族还是魔族，他们对于生死从来随意，接受得极快，像花兮之前那样，才叫她受不了。

“嗯，我知道了。”于秋将玉玦佩好，冲她挥挥手，“再见。”

她们不在意似的谈论着生死，莫辞的脸上却微微发白，连带着握住那本册子的手都发紧。然而，并没有人注意到他。

这边，于秋与花兮道别之后，钻回了马车。

那边，花兮一手牵着驴，一手拉着燕绥之，就此离开。

分明吵着嚷着这么久，说要来魔教，分明昨日在看见武林盟人还是那样激动的反应，不过一个晚上，她又好像什么都不在乎了，实在叫人看不透。

就算是燕绥之，也看不透她在想什么，但他不问，只是捏了捏她的手背：“饿吗？”

“有一点儿。”花兮抽了抽鼻子，“想吃肉了。”

燕绥之道：“再走一段路，找个能休息的地方，我给你打野味。”

“嗯！”花兮仰着脸冲他笑，毫无原先万事不挂心的感觉，“我想吃兔子，上次那条鱼感觉有点儿腥。”

“好。”

“要烤焦一点儿，我喜欢焦一点儿的。”

“好。”

“你带了盐巴和调味的东西吧？上次买的没用完吧？”

“没有。”

花兮一连问了许多废话，最后滴溜溜地转了转眼珠，停下步子，拉住他。

“怎么了？”

花兮开口，比之前的任何一次都要认真：“我喜欢吃肉，又很挑，许多时候都不通人情，说话也莫名其妙。但你一辈子都陪着我好不好？一定不要不耐烦，毕竟这一辈子太短了。”

燕绥之摸着她的头：“好。人的一辈子实在太短，我也觉得太短。”他顿了顿，转了个话题，“再走一会儿吧，你好休息，我去打野兔。”

“嗯！”

与此同时，在昆村的地下暗道里，迟玖细细检查着每一件东西。

他的脑海里，回荡着的是花兮在昨夜与他说过的话。那些话没有根据，却偏生被她说得叫人怀疑不得，推敲起来，竟真的与从前一些事情相互吻合。

迟玖暗暗心惊。

他还是下意识不相信。

可是……

正是这时，他无意叩中一块墙砖。

空的。

莫非……

迟玖小心翼翼地将墙砖取下，入眼的是一块令牌。

玄玉令牌。

“玄玉门。”迟玖倒吸一口冷气，“薛长清。”

2.

燕绥之撕下一条兔腿，用帕子包好下端的骨头，等凉了一会儿，才递给花兮。

花兮美滋滋地接过：“谢谢。”

其实她不怕烫，也根本不用他这么小心地对待，可就算是这样，看见他这么珍视的样子，她还是很开心，开心到不自觉地收起了从前独来独往时的所有锋芒和漫不经心，开始真的像是人界小女子一样，任性起来，也变得娇俏可爱。

“好吃！”花兮吃得满嘴的油。

燕绥之被她逗笑：“怎么和小孩子似的。”说是这么说，却并非抱怨的语气。

“那你嫌弃我咯？”

“不嫌弃。”燕绥之认真对她，“很可爱。”

花兮道：“其实吧，在你之前，从没有人用过可爱来形容我，也从没有人会觉得我很小孩子。他们啊，要么崇拜我，要么害怕我，喜欢我的似乎也有，但味道总不对……”

花兮念了许久，燕绥之听得专心。

“是吗？”

“嗯呢，一直是这样的。”花兮又啃了一口肉，“不过，那时候的我和现在的我，好像就是不一样的。我也觉得，现在的自己不大像从前，嗯，是真不大像……算算时间，应该是同你在一起之后，我就和那时候的自己渐渐不像了的……”

燕绥之想了想，扯起衣袖为她擦嘴：“我很荣幸。”他的眼里带着几乎要漫出来的宠溺，“能第一个看见这样的你。”

花兮垂着眼睛笑：“话说，其实我觉得你也变了很多。”

如果说，我是变得小孩子了，你就是真的变成熟了。

我们都是因为彼此改变的吗？

嗯，这样也很好，好得不能再好。我喜欢我的改变，喜欢这样因为你而变化的自己，也喜欢你的改变，喜欢为我从羞涩少年蜕变成现在这样的你。

花兮想着想着，心里忽然一阵激动。

"小燕燕。"

"嗯？"

花兮笑眯眯地望着他："我住在离这里很远的一个地方，从小到大，我从未带人回去过。最初是因为没有这个意识，后来有了，却又找不到想要带回去的人。不过，现在的话……如果你感兴趣，要不要我带你去看看？"

同外人所以为的不同，魔界并非阴冷之境。

那儿不是天寒地冻、草木不生的地方，相反，也有芳草萋萋，也有花明柳色，也有叫人沉醉忘归的景，和一看便心生温暖的人。

只不过，魔界中人的领土意识都很强，对外界不说排斥，却也绝不会轻易便让他们进来。这样的意识，体现在现实里，最明显的，便是其坚固到天雷都劈不开的结界和本族中人都觉得难寻的入口了。

而因为从小在这样的环境下长大，所以，花兮理所应当地觉得，家，便是不能为外人道，不能邀人前去的地方。

可现在，她忽然很想带燕绥之去一去那个地方。那个她自幼长大，割舍不下，存着诸多情感的魔界。

燕绥之似是意外，眼睛里有光，微微闪着。

闪了几下，他点点头，笑意愈发温和起来："好。"

"那你呢？"

"什么我呢？"花兮一下子没懂。

燕绥之抿了抿唇："我其实一直想说，我很想带你去看看，我出生的地方……"

她望着燕绥之，眨眨眼："你是说，也要请我去你家玩儿？"

"嗯。"燕绥之点点头，"虽说不是什么稀奇地方，但那儿的夜空很漂亮，也不知道是不是心理作用，但我总觉得，那个地方的星星比我在其他地方见过的都要多。而且，在丛林深处的杏花林里，有一处清潭，天气暖和了，便会有群萤火绕在上边，很好看。"

听着燕绥之的描述，花兮忽然对那个地方生出了几分好奇。

"听起来似乎很有意思。"她笑了笑，"可你这样邀我，你的家人晓得吗？同意吗？"

在问起这句话的时候，花兮才忽然想起来，她同燕绥之都已经是这样的关系了，却似乎对他还是一点儿也不了解。

"我生来便是一个人。"燕绥之说得快了些，刚刚出口，便下意识顿住，却幸好，花兮没有发现什么异常，"我是说，我没有家人，那儿只有我。其实有些可惜，如果我有家人的话，也很想带你去认识一下，我想，不论是谁，他们也一定会喜欢你吧。那种感觉真好。"

原本不过是补充和解释，却在话语出口的时候，燕绥之脑补了一下那番情形，忽然觉得有点儿温暖。温暖之余，想到这是不可能的事情，又有点儿遗憾。

他挠挠头："说来，想带你去那儿看看的这个想法，很久之前就有了。

那时，你说，想去把所有好看的地方看一遍……我见过的东西很少，不知道哪儿好看、哪儿好玩，最多，也只能想到那个地方。在我的记忆里，那便是我看过的最好的风景了，所以，很想带你去瞧一瞧。”

我看过好看的地方，也想带你去见一见；我吃过好吃的东西，也想带你去尝一尝。

兴许许多人都觉得感情复杂，但回归最初，它其实是很简单的东西。说得明白一些，也不过就是，我想把自己所知道的最好的事物，都摆在你的面前。因为，这世间，除你之外，再没有什么更珍贵的了。

倒也不是刻意讨好，只是下意识的想法。

便如面对着花兮的燕绥之。

“好啊。”花兮一口应下，“等这桩事情完了，我便随你回家！”

燕绥之笑笑。

花兮放下烤兔腿，开始与他比画：“这样吧，我们先去你家，再去我家，去完之后，我们再去别的地方……就是那些听说很好看，或者很好玩的地方！对了对了！我住的地方很大，东西也很多，只是人少了些，或者说没有人……可那儿和这里不一样，能逛很久。我知道那里许多别人不知道的地方，我都带你去看一遍，好不好？可惜那里吃的东西很少……”

这些话说急了些，加上她手舞足蹈，嘴里塞着食物，因此说得含含糊糊。

燕绥之却始终带着笑在听。

或者，只要是她说的话，他永远是带着笑在听的。

花兮说着说着，又沮丧起来："可惜，那么多好玩好看的地方，我们却只有这么短的时间……"她明显不及之前兴奋，声音略显低沉，"人的一辈子太短了，来生也不一定能够寻见，我……"还没说完，又被自己狠狠敲了一下额头。

花兮晃晃脑袋："怎么忽然转到了这个话题上边？不想不想，才不要去想呢……"她沉浸在催眠自己当中，并没有发现燕绥之骤然暗下的眸。

她不知他的真实身份，因此难免在想到两人寿命不对等的时候感到悲观。

可燕绥之又何尝不是呢？

虽然在许久许久之后，两人终于互通底细，回忆之前的心酸打算，都哭笑不得，觉得真是吃饱了撑的，可此一时彼一时，那时他们无奈想笑，现在却也是真的担忧烦心。

生死相隔尚不足惧，好歹都是人，都有灵魄轮回，缘分深的，哪怕转世亦可相见。可所在之界不同，便是真的不同。

这个差距太大，大得多少让人觉得可怕。

这是即便强大如一界之主也无法逾越的距离。

3.

两个人相互依偎着，不晓得讲了多少话，两只兔子都被烤完了，花兮吃得很满足，她摸摸肚子，躺在了燕绥之的大腿上。

这时太阳已经落山了，只留下最后几分余晖，还纠缠着天边薄云，烧成一片。

“小燕燕啊。”花兮伸手，摸上他的脸颊，“我们这一下午，就把之后的一辈子都打算好了，你说，会不会太快了呀？”

“不会。”

燕绥之稍稍俯下身子，碰着她的嘴唇。

他压低了声音，贴着她一张一合。

“事实上，早在我明白自己心意的时候，就将我们的一辈子都打算好了。其实快慢有什么重要呢？只要是同你在一起，怎么样都好。”

嘴唇是一个很敏感的地方，尤其此时被他这样一蹭，花兮更觉得痒。

她笑笑，环住他的脖子，将他搂下来些。

“这些话哪儿学来的？”唇齿间的言语难免含糊暧昧，听在两人的耳朵里，却是极为快活的，“可是，你说的这些话，我真是好喜欢……”

尚未说完的话，还没出口的话，全都淹没在了这个吻当中。

夕阳烧得热烈，可再怎么热烈，也终会褪去。星子随着夜幕颜色渐深而显得越发亮了，晚风少了阳光的温度，显得微微有点儿冷，夜晚也很快在这样的风中变得静谧。

这个吻持续了很久，花兮一睁眼便看见了幕空中的星星。

再一眨眼，发现自己看见的是他的眼睛。

“小燕燕。”花兮笑着唤他。

燕绥之的嘴唇有些水润：“什么？”

“没什么，你知道的吧？我还得回去一趟。”

“嗯，知道。”他补充一句，“下午烤兔子的时候，你说漏了。”

花兮眯着眼睛笑：“我故意的。”

燕绥之把她抱起来，理了理她的头发：“是啊，如若不是你故意那么一说，我必然发现不了。毕竟你这样机灵。”

便就是这时，昆村的方向冒起了冲天火光。花兮一个翻身从燕绥之的怀里出来，手却始终紧紧拉着他。

“这火烧得真快啊，不过也不多让人惊讶，我记得，她以前就很喜欢胡乱烧火玩儿的。”花兮说着，带上了些笑意，她笑得很浅很浅，便是回头望向燕绥之的时候，也没有将它加深一点儿。

花兮道：“我的头发乱吗？”

燕绥之停下为她整理的手：“不乱。”

“嗯，那走吧。”她的眼睛里有些悲伤，“要去见于秋最后一面了。”

整件事情，要说简单，确实不简单，可要说复杂，也称不上多么复杂。

从头到尾，花兮都很迷糊，即便是在听见武林盟那些无聊的言语时候，依然只是愤怒，却并不大清楚具体细节。她愤怒，那些人怎么能恶毒成这样？说是讨伐魔教，事实上，他们只是想要得到魔教秘籍，那些被他们说成“邪魔外道，不足多论”的东西。

面上嫌弃，心底却是稀罕得紧。

为了那件东西，他们打着正道的名义，做着卑鄙的事情，只为一己私欲，便毁去无数家园，夺去数条人命。是啊，就为了找一个入口，只是为了掩饰自己在找魔教入口。

他们焚毁许多村子，故意留下魔教图腾，一边吸引魔教注意，一边甩锅给大众看。

这样的用心，实在歹毒。

可再歹毒，也毒不过放消息、制订计划的人。

——莫辞。

又或者，不能叫他莫辞，毕竟他本来也不姓莫。说起和魔教的关系，他怕是与玄玉门更加亲近才对。

在于秋这么同她说的时候，花兮有些惊讶：“这怎么说？”

“那日你看见武林盟那些人的时候，迟玖也同你讲了吧？你还记得那个玄玉门长老吗？”

“薛长清？”

“是，薛长清。”于秋捻了捻手指，“可事实上，那不是真正的薛长清，他只是薛家分支，原名薛卯。”

花兮一惊：“你是说……”

“对，莫辞才是真正的薛长清。”于秋眸子一暗，“而原本的莫辞，早就死了。”

花兮道：“那你为什么从来不说？”

于秋陷入沉思，良久轻笑：“因为有个傻子，他在临死之前嘱咐我，要我照顾他这个‘弟弟’，他真以为对方拿他当兄长呢？呵……那时候我说什么他都听不进去，情况又急，我只能应了。一边应着他，一边还得帮他守着他想守的地方，真比当年战乱还辛苦还纠结。”

“但那有什么办法呢？”于秋低眸，“不管是什么，我都答应了他的。我不会骗他，但凡应了，当然得做啊。”

花兮不知道于秋到底是带着怎样的心情在说这些话，她也不知道当年到底发生了什么。她只知道，倘若不是于秋，或许自己永远都想不到，这桩事情的罪魁祸首，竟然会是莫辞。倘若不是于秋，她也绝对不会想到，那一日莫辞引她出去，对她说出那一番话，不是为了魔教好，而是担心她真要为魔教出头，想拉住她。

对于莫辞而言，花兮实力强劲，出处神秘，实在是个棘手的人物。

有她在，他真是不好行动。

不好继续混在魔教内部，不好放消息引人。

更不好实施他的计划，将魔教彻底毁灭。

花兮不清楚莫辞为什么会对魔教有着这样的恨意，却大抵能够了解，于秋要救魔教的决心。花兮上午与他们分别，随口讲出的那句“最后一面”，哪里是毫不在乎，分明是太过在乎。

可是，在乎又有什么用呢?

于秋从来执拗，想做的事情，即便要付出再大的代价，即便别人再怎么劝，也都没用，只要她想，便会去做。

就如这一次，她几句话后，轻轻巧巧，便将余下寿命，换了更改此间命数。

是啊，一个东西的衰败，往往有迹可寻，可并不是所有的衰败都是注定，更不是每一桩每一件，都无法挽回。于秋不是凡人，她凭借自身修炼，仅差一步便可登上九天仙位，这不可谓不强大。也正因为是这样的存在，即便灵脉受损，要用自己的命来改一派气运，也并非毫无可能。

气运这种东西，很玄的。

她改了，那个人想做的，就做不了了。

不论他是想要毁灭魔教，还是想借着这一次的机会，做些什么，都做不了了。莫辞纵然再恨，也只能恨而已。

而恨这种东西，在无计可施的情况下，只能折磨自己，半点儿不关别人的事。

当花兮和燕绥之牵着手来到被焚的昆村的时候，入眼的，首先不是火光云烟，而是熊熊大火前边，跪倒在那儿的人。

一身玄衣，面色怔忪，满眼满脸的都是不可置信。

“你是不是很惊讶？”花兮走到他的身后，“想毁的没有毁掉，想留的没有留住。”

花兮赶得很快，可于秋没能撑住，走得更快。她们还是没能见到彼此的最后一面。

瞥一眼于秋的尸身，花兮一顿，伸手收回了玉玦。那块玉玦不是凡品，上面附着着于秋尚未散去的灵魄。

于秋剩下的灵魄已经很稀薄了，可花兮是谁？只要她想，哪怕再怎么费劲，她也一定可以做成。

好好安养，辅以秘法，于秋早晚能够回来。

将玉玦妥帖放好，花兮转回身子，面向莫辞：“其实你还是成功了一半的。”

她说：“你想让那些武林盟的人和魔教一同死去，你看，那些武林盟的不是都死了吗？只是可惜，魔教中人，转移出去了。并且，他们不会再信你。”

莫辞像是没有听见一样。

“你就这么恨魔教吗？”

花兮话音落下，莫辞忽然狂笑出声，笑过之后，他捂着脸：“你懂什么？如果它不存在，不存在……什么都不会走……什么事都不会发生……”

花兮顿了顿：“不管是什么，都是早早注定的，从来不存在什么

‘如果、便会’。”她看不惯他，故意在这上边捅他一刀，“怎么样？你知道的吧，怎么会不知道呢？就像，不是你每日每日黏着于秋，她就能愿意多看你几眼一样。”

莫辞站了起来，身形微晃。他像是受了什么打击，踉踉跄跄朝着火海走去。

热浪将他的衣发吹起，猎猎作响。

“你要去死了吗？”花兮朝着他喊，“好走啊。”

莫辞脚步微顿，开口，声音极小，花兮却仗着灵力将它听得一清二楚。

莫辞道：“自始至终，都是一样的，没有人希望我活下来，想守护的不需我守，不想守了又抛不下，我早该去死……”

分明恨极了这个人，却在这一刻，听见他这些话，花兮吐不出来更锋利的刀子。

她只能看着他，一步一步，走向火海，被其吞噬，再出不来。

4.

昆村的大火烧了一整夜，将地面上所有房屋都化为灰烬，而那些所谓密道入口，也都湮没在了那一片灰烬之中。

没有人晓得那底下是什么，经过迟玖与魔教一众弟子的动作，也不会再有人知道。

记得在迟玖离开之前，花兮问他：“倘若我所言为真，今夜之后，魔教该如何？”

迟玖当时沉默半晌：“真要说来，我教早在三年之前便已经只余空壳，勉强靠着一个名字、一些传说，撑到现在罢了。现如今教众日渐稀少，长老们也再撑不下去，按照这个趋势，魔教早晚会变成一个人的魔教，而一个人的魔教，真的还存在吗？”

当时的花兮不知道该如何回答，只是看着迟玖默然离开。

昨夜做的事情有点儿多，花兮没有想过那么多东西，现在想来，这段日子她所见过的、认识的人，怕是都再见不到了。

但还好。

花兮转头，用小手指钩住了燕绥之。

还好，最重要的这一个没有丢。

他们走了许久，从夜色深深走到天光大亮。

花兮忽然开口，打破了之前的沉默：“小燕燕啊。”

“嗯？”

“这些东西，你真的不好奇吗？”

燕绥之摇头，只是看着她。

花兮歪歪脖子：“真的？”

一旁的毛驴抽了抽鼻子，燕绥之撸了一把它脖子上的毛，再转回来。

“那些东西，事不关你。”

而只要是与你无关的事情，我都不是很在乎。

花兮挑挑眉头：“你这句话，和昨天的许多话一样，我都很爱听。”

燕绥之低头凑近她：“那我以后日日说给你听，说一辈子，好不好？”

少年白衣蓝纹，墨发上边束着红绳，俨然是初见时候的样子，只是，神色却与最初完全不像。花兮静静看着他，唇角带笑。

也许在最开始的时候，她将他留在身边只是为了好玩，不很认真，偶尔恶趣味上来了，动作还会有些恶劣。

但还好，他总是容她让她，真好。

花兮叹了口气，忽然向前抱了上去，环住他的脖子。

我其实不是那么可爱，也并不怎么好，若我是当初的你，若我是燕绥之，我是断断不会爱上花兮的。可是谢谢你，能够喜欢我。

“小燕燕啊……”

“嗯？”

花兮的脑海里忽然闪过许久之前的一些片段。那时候，她也是这么唤他，而他一声一声回答，说：“我在。”

“小燕燕，小燕燕？”

燕绥之的声音里带着浓浓笑意：“我在。”

嗯，是这个回答，没有变。

花兮心满意足，怀中的玉玦却忽然硌了她一下。

她倏地沉默，不久又问：“你会一直在吗？”

“会，我会一直在。”燕绥之揽住她的腰。

花兮从他怀中脱了出来，望着他的眼睛。

他的瞳色微微有些浅，然而，她的轮廓却被映得很深。

——你会一直在吗？

——会，我会一直在。

天命这种东西，莫说是六界尊主，便是手执判笔写命格簿子的那位神仙自己都反抗不得，偏生有痴情中人喜欢以此许诺，说什么不会分离，说什么不会此生不渝。在所有的变故里，恐怕只有一个“心”是能够自主的东西。

可是，就算知道，大家还是乐此不疲，好像说了，就真能自己决定一样。可那又如何呢？把什么都算得理智清楚，真没意思，更何况感情这种东西本来就是不讲道理的。

而且，比起那些什么天定命定，花兮还是更喜欢信他。即便燕绥之只是一个凡人，说起来，好像并不强大。但她就是信他。

信他不会离开，信他们可以久伴。

花兮抬起头，望着燕绥之。

恰时，一旁枝头上坠着的浅色云花落了几瓣至她的发间、肩上。而燕绥之见状，极其自然地为她将花瓣拈开。

飘忽间，有风含着几个字飘向远方。

是她眉眼带笑，朗声向他——

“你说的，别赖呀。”

——正文完——

番外一

FANWAIYI

离人心上秋

与凡人复杂的修习不同，生而为灵，要修炼成仙，其实会方便许多。只是，到底是要从一界跨入另外一界，因此，即使方便，那也不代表能简单多少。

“不能简单多少又是多少呀？”于秋笑眯眯地望着眼前人。

“凡人修习，首先便要换骨。而若是灵类，这一桩就可以省了。”女子说着，见眼前人还是不懂的样子，又多加了一句，“拿你来说，若你想要修成真仙，除却修习之外，便还需经历三轮劫数。”

女子面容清雅，气质温和，一身水蓝纱裙与她极为相衬。女子望着于秋，轻轻笑笑，一下一下摸着她的头。

而于秋歪歪脖子，满脸好奇："哪三轮？"

女子微微一笑："生劫、死劫、情劫。"

"呀，听起来很复杂的样子。"于秋撇了撇嘴，"那我还是不修了，能活一日是一日吧，那样麻烦的事情，做起来实在叫人不开心。"

女子摇头，虽然知道她只是随口说说，并不会真就这么停下，却也不赞同。

她敲了敲于秋的头："这种话，你当是可以乱说的？更何况，许多东西，不是你说停就能停下的，也不是你不愿意，就不会发生。"

于秋似是不解："哦？"她又想起什么，"可姐姐你不就是修到一半停下的吗？为什么你可以？为什么你说停就停下了？"

女子望向远方，沉默不语。

对啊，她的确是修到了一半，说停就停下了。这是这片林子里，所有人都知道的事情。只是，他们只知道自己看到的，却不知道，她在这之前，究竟经历过些什么，为此又付出了多大的代价。

"姐姐？"于秋还想追问，却被女子打断了话头。

"小于秋，你该走了。"她咳一声，"这里不是你能久留的地方。"

这是精魅修习之所，整个林子里，浸染的都是它们的气息。若非族类，本身又不够强大，待久了，是会有些害处的。

这个时候的于秋其实还小，也不懂得察言观色，但再怎么不懂、不会看，也还是明白，在这样的情形之下，有些话是不能说的。

是以，她拍了拍包："嗯，那我走了。对了，姐姐，你放心吧！

我一定帮你把这个带到那人的手上。你便在这里等着我的消息！”

女子摇摇头，面上却带着笑。

由半仙重堕妖道，她怕是没多少日子好活了，也不知道，还能不能等得到她。

可即便如此，能有个盼头，也真是好啊。

“嗯，早去早回。”

“好啊！我去去就回！”

阳光下，白衣红裙的于秋笑得灿烂，明媚得几乎能把太阳都比下去。她毫不怀疑，自己能够帮姐姐达成心愿，毕竟这不是什么难题，人界虽大，但她有那人的信息和气息，不可能找不到人。

所以，这句去去就回，当是算不上夸张的。

却没想到，终究是人算不如天算。

她的去去就回，也终是成了有去无回。

1.

于秋有个朋友，名字叫花兮，说来，那应该算是她的生死之交了。

她们认识，是在于秋离开那小树林不久之后的事情。说起来也奇怪，于秋虽说和谁都熟得快，可她的熟得快，分得也会很快。只有花兮，她们认识这么久，分别这么久，再次见面，却依然可以没有违和感地插科打诨。

花兮曾经与于秋聊天，聊的便是这三轮劫数的事情。于秋背着包裹，走在黑夜里，望着满天繁星，有些无聊。她忽然想起，花兮曾打趣地说她运气好。

或许是吧，她的运气啊，是真的好。

修仙路上总归也就三轮劫数，生劫有一位堕妖的姐姐在机缘之下为她挡了；死劫推算出来，该是妖兽战场，花兮也替她分担了；最后只剩下个“情劫”。这一劫过了，她便能够飞升成仙，从此与凡尘下界再无挂碍。

于秋摸摸鼻子，笑出声来。

前边两关，虽然险是险了点儿，但过完之后再来回想，都不算太难。想来，修仙这桩事情，大概只是被传言夸张化了，渡劫还是挺容易的不是?

是啊，的确容易，也太过容易了。

此时的于秋并不晓得，大抵正因如此，老天嫌她运气太好，对其他修仙者不公平，加重了她的情劫。

导致，这一桩，她过不去。

此时的于秋，对于时间还没有特别多的概念，即便事关自己都有许多的不清楚，自然也就更不晓得人界的规律了。

她不晓得自己耽误在妖兽战场的那近百年，对于人间而言，是什么概念，只下意识地以为，这个世界变得应该不会那么快，什么事情，就算迟了，也都还是可以完成的。于秋捂着包，拍了拍，确认东西没丢之后，又稳步走起来。

自走出小树林至今，走几步检查一下包，这几乎已经是她的习惯了，那里边是她答应了别人去送给一个人的东西。也不知道，等送出去了之后，这个习惯能不能改得掉。

不过，说起来也是很奇怪的。

于秋想，分明她有那个人所有的信息，这东西上边，也残存了那个人的气息，可为什么她就是找不到呢？

于秋皱着眉头，深陷在这个疑问里，一路走一路想着。如果没有人打扰的话，以她的性格，估计可以想上好几天。可没多久，她被风里刮来的血腥味打断了思路。

花兮曾说，她最大的毛病，就是喜欢多管闲事。

或许吧，可若遇事不理，那就不是她了。

循着血腥味走近，花兮小心地矮下身子，一点点拨开杂草。

其中有些杂草锋利，割破了她的手指，她也浑不在意，反正这样的小伤口，对于她而言并不碍事，不多久就会自己长好的。只是，这脚下的淤泥却有些烦人了。

黏糊糊的，不好走路。

于秋抿着嘴唇，尽头是一处水潭，而那血腥味就是从潭水里传出来的。她皱眉，拾起枯枝随手一搅，随着水珠晃动，挑出数具尸体。这却并非让她最为心惊的地方。

溅起的水滴，被月光映得如同琉璃，碎在半空，最后又汇入潭水。也就在这个时候，水面一动，有伏击的人自里边跃起，持剑刺向她——

黑夜之中，于秋看不清那人的长相，只看见一双冷刃似的眼睛，锋利又危险。他的身形很快，下手狠厉，如果于秋真是凡人，怕是躲不过这样一招。

可她不是。

脚步微移，只一瞬工夫，于秋便出现在那人身后。接着，她一掌打在他的后肩，足尖一点自后跃起，一个翻身接住了他被她打落的剑。

电光石火之间，两人的位置已经改变。

于秋持剑，剑尖抵在那人脖颈。

“你想杀我？”

这就是他们的初遇。

夹杂着泥土腥气和重重血色，杀伐之气极为浓厚，没有半点儿值得怀念的点。

却偏生让后来的于秋回忆了一遍又一遍。

“是。”那人认得干脆。

于秋眼睛一眯：“你为什么想杀我？”

那人不说话了。

于秋扫了地上一圈："这些人都是你杀的？"

那人继续沉默。

"说话啊！"

于秋手上一送，剑尖划破了他的皮肤，血流下来濡湿了他的衣领。可他却没有半点儿反应，只安安静静地站在那儿，不言不语，直直地盯着她。

微风拂过，将血气冲淡了一些，两人却依旧僵持。

最后，是于秋先放下了手。倒不是因为举久了手酸，而是反正这个人问不出话也打不过她，这样的话，自然也就没有什么必要这样抵着了，怪不和谐的。

却没想到，她刚刚松手，还没想好下一个动作该怎么做，那人忽然就这么倒了下来，仿佛一瞬间被抽干了所有力气似的，直往前边扑。

于秋下意识上前想要搀住他，却碍于身量的差距，原本好好一个搀扶的动作，硬是变成抱住那人的腰托着站在原地，而他的头也就这样软软倚在了她的肩颈处，呼吸很浅，每一口气都像是在吊着的。

于秋原先还有防备，担心这人是不是借机耍诈，却在探到他的伤势时一顿，接着大吃一惊。

"竟是受了这样重的伤，所以一直在强撑着吗？"

于秋虽然喜欢管闲事，却也实在讨厌被算计，尤其是被人这样伏击着想取她性命。虽说那人即便再修个几百年也奈何不了她，可伤不伤得到是一回事，他怎么做又是另一回事。

按照她以往的习惯和思路，事情发展到这里，她应该丢下他离开了。

却偏偏是这个时候，她透过他身上浓重的血腥气，闻到一阵熟悉的气息。

这个气息，和她要找的那个人，实在太像。

2.

山中很难找到可以歇脚的地方，于秋也不认得什么药，不知道人类受伤了该怎么治疗。却好在这里足够僻静，引起灵力波动也难得被发现。这样的话，她即便找不到人也没关系。

于秋将扛着的人往地上一放，右手一挥带出点点光亮，那光点落下，逐渐凝成一间木屋，屋里的物件一应俱全，倒是方便得很。接着，她随手一指，那男子便飘飘忽忽落在了屋内榻上，落下之前，衣上血迹已是消失得干干净净，整个人都清爽起来。

而她就这样慢慢走过去，最后停在他的面前。

于秋眨了眨眼，屋内登时亮起微微烛火。

那光色照在男子脸上，于秋也终于瞧清楚了他的模样。

稍稍愣怔之后，她轻笑道："还真是救对了。一个凡人，能长得这么好看，死了未免可惜。"

昏迷之中，男子动了动眉头，像是听见了什么。

而于秋微顿，取出包裹之中，自己带了许久的东西。那是一枚血玉雕成的印章，上边刻着的纹路十分复杂，她悄悄印着看过，却怎么也看不出那是个什么东西。

她想起正事，收了笑意，凝神，提取上边残存下来的前任主人的气息，对比着眼前男子……

没错，这气息的确十分相近，细微之处却是有些差异的。

想来，这印章的主人，怕不是他。于秋重新将印章收了起来，坐在榻边，一边看着他，一边发着呆。虽然不是，但应该也有些关系，毕竟这是牵系着魂魄的东西，平白无故，怎么会有气息这般相近的人呢？

于秋毫无感情地掀开他的衣服查看伤口，接着运起灵力灌在掌心，一点一点输给眼前的人。而他身上的伤，就在这灵力的输送下，以肉眼可见的速度飞快愈合。

在短时间内流失大量灵力，这其实是修仙之中灵体的忌讳，因为外边的突发事件实在太多，谁也不知道下一刻会发生些什么，谁也不知道，这样会不会让自己陷入险境。可于秋向来缺心眼，什么都不爱考虑，仗着运气走到现在，不仅不晓得谨慎，反而更加没有了顾忌。

输完之后，于秋觉得头有些晕乎，可他身上的伤实在太重，重到之前若不是他靠在了她的肩上，她便连那气息都察觉不到的地步。因此，既然决定要救，便只能一次救完。

“真是费力气的事情。”于秋揉了揉自己的头。

果然啊，这样的输出，即便是她，也撑不过去。

“喂，我救了你的命，倒是不用你以命相抵，但等你醒来，得带我去找人。”她说着，打了个呵欠，眼皮也慢慢粘在了一起。

他们不比人类，没有那么多的礼仪啊规矩啊之类的。生而为灵，第一个学会的就是快意而行，想什么做什么，需要多想的，便先不想，且做就是。

是以，于秋觉得累了，便只想睡觉。

而既然眼前有床，那便不用费力气再变出一张，躺上就是。左右这床榻这样大，他睡在上边空得很，多出她也不会多挤。

抱着这样的想法，于秋将人往里边一推，一个侧身便翻了上去，随之陷入梦境里边。

却是没想到，在不久之后，那人悠悠转醒，在发现身边人后，眸中带上几分杀气。却还好，他刚刚醒来，即便身上的伤口已经痊愈，却也并没有那么足的内力，因此他只是做出防备的动作，没有真的动手。

保持着防备，男子起身，在看见自己光裸的上身时，先是一惊，后又一愣。若是没有记错，他在昏倒之前，应是带着致命剑伤的，可现在，他却连个疤痕都没留下。

难道，他这一觉，竟是睡了这样久吗？

这个女子，又会是谁？

男子微顿，管不了这么多了。

他望一眼窗外天色，虽然依旧漆黑，却也带上了些许光亮。现下该是破晓，时辰还早，可他必须走了。

回顾一眼枕边人，男子的神色有些复杂。

他不晓得自己这是睡了多久，也不晓得，这些时日，她是不是就这样一直照顾着他。说起来虽然有些莫名，但毕竟是救命之恩，说毫无感觉当然不可能。

想了想，他解下自己的剑穗放在她的身侧。

现下他实在没有多的时间纠缠在这儿，昏迷之前，经过一番恶战，身上值钱的东西也掉得差不多了。这剑穗是他从用剑开始便挂到现在的，其间，剑换了几把，剑穗却一直陪着他，也还算值钱。便以此做谢礼吧。

放定之后，男子起身离开，动作干脆利落，步子轻而快，不一会儿，便消失在木屋附近。

而于秋始终睡着，对于外边的变化，什么也不知道。

3.

待她睡醒，补足精力，已是三日之后了。

于秋刚一醒来就发现事情不对，是以，没来得及多想，她握住身侧的剑穗就追了出去。之所以拾起它，是因为这东西沾了他的气息，能方便她找人一些。

却没有想到，那人走得那样急。

急到，即便是于秋，也整整寻着那路程追了一天一夜。

说起来，她再次见到他时的场景，真是叫人难忘，如果要拿什么来形容，怕是只有一句话：气不打一处来。

因为，于秋几日之前刚刚耗费灵力心力将他救回来，却不想，这短短时间里，他竟然又重伤了起来。却还好，这一次，他没有晕厥过去。

"喂，我说你这个人，你是有多背？"

于秋赶到的时间正好，落地的时间点儿，恰巧掐准在朝他而去的长剑落下的前一刻。当时她弹指，凭空射出一颗小石头，打偏了那人的剑，接着几个小动作，扫倒了对方一片。

也正是因此，那边的人死的死、跑的跑，才有了他们现下平静相对的一幕。

于秋戳了戳他的脑袋："你长这么个东西，是摆设吗？打不过还打，你不知道跑？"

男子张嘴，像是想说什么，最终却只吐出一口血来。

"算了算了……"于秋摆摆手，从袖中幻化出一颗丹药，"你把它吃了再同我说话。"

那颗丹药似的东西其实没有什么作用，至多不过是一个掩护罢了，方便她施加灵力之后，让他的伤势看起来恢复过快也不显得突兀。

男子从善如流，咽下丹药，看上去毫无戒心似的，甚至对她笑了笑，说了一声：“谢谢。”

他不是多天真的人，也不大相信会有什么无缘无故的好心，但既然她上次没有杀他，这次又救了他，那么，他想，她大抵也不会这么快让他死。至于那颗丹药……他并不担心她下毒。毕竟自幼研习种种毒类，时至如今，他虽不算全通，但旁人要害他，却是做不到的。

“咦，还挺有礼貌的嘛。”于秋挑眉，“你叫什么名字？”

于秋生得明媚，最适合的表情就是笑。微微风色里，她唇角一勾，鬓边一缕发丝扬起，扫过鼻尖又落下，最后挂在肩上，配合着她稍稍仰头的角度，所有的一切都恰到好处。

恰好的张扬，恰好的明朗。

男子顿了顿，也不知道是这丹药有奇效还是他的心理作用，不过刚刚服下而已，竟感觉到自己的内力在一瞬间充盈了回来，伤口也不再发疼。

“我叫林陌，陌路的陌。”

出门在外，谁没有几个化名？尤其是他们这类人，与谁结交都不过几句话的交集，名字这种东西，是很没有必要的。

“林陌？你好呀，我叫于秋。”她笑笑，接着将还倒在地上的他一把提起，“喂，交换了名字就是认识了，既然这样，你能不能带我去找一个人？这个人，你一定认识。”她说着，也不管他还没回话，便自顾自地摊开掌心，“我要找这枚章子的主人，怎么样，他在哪儿？”

林陌原先还是愣怔的，既想笑又觉得莫名其妙，却在看见这枚章子的时候，微微愣住。

血玉为料，上面刻有莲纹。这枚章子他没见过，却见过另一枚和它很像的，而记忆里的另外那一枚，属于他的父亲。

林陌眼睫一颤，忽然想起幼时的一桩事情。

那一日，他忘记自己是因为什么闯进他爹的书房。而刚一进去，他便看见从来板正的爹爹对着那枚章子若有所思似的发着呆，爹爹也只有在对着这章子的时候，才会发呆——

“爹，您老拿着这枚章子做什么？”

“不过随便看看。”

“可我总觉得，您在对着它想什么东西。”

“小孩子家，懂什么。”

是啊，在大人的眼里，小孩子是不懂事的。可那也只是在大人眼里，事实如何，恐怕只有小孩子才知道。当时的他不服气，可较之不服气，更深的一层，却是对那章子的疑问。

当年尚小的他，第一次在爹爹的威压之下，握紧拳头，反驳过去，想问个究竟。虽然，直到最后，他爹也什么都没说，只是打了他一顿。

说来，大抵是生长环境所致，他和寻常小孩子不同，他对什么都没有好奇心，却唯独有一件，他过不去。那是关于在他懂事之前便离去的娘亲。

“喂，你在想什么？”于秋伸手在他眼前一挥。

林陌心头微颤。

“这个东西，你是从哪儿来的？”

“哦？一位故人托我帮她转交的。”

林陌沉默许久，自己都不知道自己在想什么。

半晌之后，他再次开口，声音竟有些哑了：“那位故人可还健在？”

于秋掂了掂章子：“可不在着呢。”

林陌心里一松，很快又是一紧。且不说近来他所在之处出了叛徒，便是没有，以他的谨慎程度，也断不会这样轻信谁。更何况于秋行事古怪，深藏不露，不仅笃定他知道这章子似的要他带她找人，而且这两次出现，时机也太过于凑巧……

他暗自思忖，挣扎许久，最终还是一面防备，一面应下。

“我暂时有急事需要处理，等我处理完毕，便带你去找这个人。”

若她知道其间事情，应该不会这样轻心应对于他，可若她不知，又实在说不过去。林陌觉得不解，思来想去，对她更看不透，只能小心应对，先稳住她再说。

“好说，我这个人耐心特足，随便你磨多久都行。”于秋拍了拍裙摆上的灰尘，“那么，现在我们先找个地方歇下吧。”

她笑眯眯道：“若是我没有记错，刚刚来的路上，我闻见一种很香的味道……不过我没钱，你请我呗！”

林陌一噎："好。"

4.

于秋说的很香的味道，来自一处酒家。

而她此时便是抱着酒坛，自顾自地喝着。

"你喝慢点儿。"

林陌坐在一旁，脸上带着些绷不住的惊愕，而在他的脚边，是被于秋喝光了的四五个小坛子。

于秋闻言摆摆手："别这么磨磨叽叽的，嗝……"

"不是……"

"不是什么啊？你没钱了？"于秋的眼角被酒气醺得微微泛红。

林陌叹气："你喝得太多了。"

"多吗？"于秋低头数了数酒坛，"哎呀，没事儿，这对我而言不算什么。"

林陌："……"

见劝不住，他只能继续坐在一旁看着，不再言语。

也不知过了多久，脚边的酒坛越攒越多，屋外的天色也渐渐黑了下来。这是酒家，也是客栈，一楼和二楼的区别而已。

这时，外边进来两个人。

林陌余光一瞥，立即侧了身子，抄起一个酒坛，佯装醉酒似的遮住了脸。追逐多日不见的人，竟在这儿碰上，不可谓不巧合。

眼见着那人在掌柜处拿了东西上楼，他终于有些坐不住了。

前言说了，林陌所在之处，出了一个叛徒。

而他出来，便是为了追那个叛徒。

前言也说了，林陌不过是个化名，而他的真名，是莫林。

当今武林里边，魔教之中的少主，莫林。

而他要捉的那个人，便是叛出魔教，投奔武林盟的原左护法，杨鸣。

“你还要喝多久？”莫林皱着眉望着于秋。

毕竟是救命之恩，感激还是有的，只是，经历了这第二次之后，那份感激反而比第一次更淡了些。倒是怀疑心，重了起来。

他问她这样一句，倒是说不上关心，事实上，倘若不是她带着的那枚章子，恐怕他在见到杨鸣的那一刻就追上去了，哪里会留下来看顾她？

“嗝……好喝呀，还想喝……嘻嘻……”

“你……”

莫林一时无语，顿了许久，唤来小二。他掏出几颗碎银：“麻烦帮我照顾一下这位姑娘。”

小二哥应了好之后，莫林又佯装无意似的提了身边并没有多少东西的包裹：“顺便再开间房，我先上去放个行李。”

“好咧！”

“对了，你们这儿，楼上有几层？”

“爷这就说笑了不是，我们这小地方，统共也就两层不是……”

莫林笑了笑：“看我真是喝多了，东西也辨不清。”他又丢了一颗碎银，“好了，快去叫人给我带路。”

小二忙弓着腰：“好咧。”

莫林望一眼于秋，却并没有在意，径直向上走去。

首先是进了开的房间放东西，接着便是从窗口翻上屋檐，开始小心翼翼地找寻。

那小二哥说得不错，这地方不大，人也少也静。因此，他找到杨鸣，并没有花多少时间。

在确定杨鸣所在方位之后，莫林回到屋内，想了想，稍微在脸上折腾了一下，又散了头发做掩饰，这才下去寻于秋。

却不想，只这么一会儿的工夫，于秋竟不见了。

莫林一愣，抓住小二哥：“她人呢？”

小二哥一副见了鬼的样子：“是……是这位爷？哎？可那位姑娘，方才不就是跟着爷走的吗？这……”

莫林松开他，心下茫茫然。

这是怎么回事？

可不过片刻，他又在听见楼梯口传来的响动声后迅速冷静下来。

于秋去哪儿了，或许重要，但绝对重要不过现下的事情。莫林余光一瞥，正看见杨鸣一抹衣角，他心一紧，抓过小二低语几句，旋即闪身出了大堂，消失在门外。

5.

伏击这种事情，他做过很多次，每一次都觉得顺手，仿佛他天生就该是做这个的。

这一次，也不例外。

莫林伏在屋檐上，微微挑开一块瓦，朝着下边看。杨鸣从来小心，尤其是现今景况复杂，更是叫他连睡个觉都将房间布置了一遭，直到确保无误，才稍稍安心，回到榻上。

只可惜，他做的一切准备，都落在了莫林的眼里。

他凝气，动作极轻地翻下屋顶。

再次出现，已经是在杨鸣窗外了。

莫林屏息，握剑，正听着屋内声响，准备找准时机将杨鸣一举歼灭，却不想，就是这个时候，身边忽然飘落了一个人。

“喂，你在这儿干吗？”

莫林一惊，转头望向于秋。

与此同时，屋里的人反应极快地甩出暗器，正是朝着他们的方向而来！

却不妨于秋电光石火间将那暗器截住，莫林见状，趁机破窗而入，也不知道是不是危急关头爆发了什么潜能，竟是在这样混乱的情况下，一举擒住了杨鸣。

然而，也就在他抓住杨鸣的时候，意外发生了。

门外有人射来毒针，正中了杨鸣脖颈，一针封喉，杨鸣当场毙命。莫林正要去追，却不妨烟雾自脚边腾起，他低头，想要屏住呼吸，却已经晚了。

这时于秋跑了进来："你没事吧？"

"外边的人……帮我……追……"

之前，莫林分明还在怀疑于秋，此时，却也不自觉地将她当成了可信之人。也许相识时间甚短，但好赖也是经过两遭生死。更何况，这一次不追，那人恐怕便真的追不到了。

"好！"

也许是看出来他的焦急，于秋竟二话不说就应了下来。

而莫林闻言之后再撑不住，直直倒了下去。

6.

却说，于秋追出去，没跑多远就停下了。

男子站停转身，微笑不语。入眼，于秋见到的是与莫林极为相似的一张脸。

这是张熟脸，因为，之前她有几分醉意的时候，是这个人将她带走的。

“咦，你怎么不跑呀？”

“我为什么要跑？把他放倒，我就是想将你引出来的。”

男子气度从容，一身玄衣，笑着望她。

“你有话和我说？”于秋似是不解，“你的气息我好像见过，这张脸却……哦，对了！我听过一种法术名为易容来着，你这张脸，是假的吧？”

男子好脾气地笑笑：“是。”接着大袖一遮，掀开了什么东西，再一抹脸，顷刻便换了张皮囊。

“啧，果然……是你啊！”

玄衣男子微微笑：“姑娘还记得我？”

于秋环臂：“虽然我救过的人多，但伤重得快死的，我遇见的还真只有几个而已，想记不住都难。”

“在下也对姑娘印象深刻，毕竟是救命之恩。”

于秋摆摆手：“随手罢了。”

男子笑道：“于姑娘是随手，于在下却意义深刻。在姑娘之前，是没有人在乎过我这条命的。”

他说得随意，这句话却实在不好接。

于秋一愣，好半天才问他：“所以你叫我出来是干什么？”

“不过不愿意牵连姑娘罢了。”

“牵连？”

于秋先是不解，却在想到什么的时候忽然皱眉：“林陌！”

她正欲回头，却被人抓住了手腕。

“姑娘还是别去找他的好，在下说了，不愿姑娘受到牵连。”

玄衣男子已经做好了被甩开的准备，谁知于秋不但没甩开他，反而顺势扣住了他的手，也许是她不查，竟不小心扣出了十指相扣的动作来。

男子一愣，还没回过神就听见于秋说：“差点儿忘了，要帮他抓你的。”说完，她牵着他就往原来的屋子跑。

这种感觉有些奇怪，气恼、惊讶，心底有些不甘，却偏偏不想甩开她。男子抿着嘴唇，就这么任她牵着。可是，当他们到了那屋里的时候，莫林早就不见了。

“说起来，姑娘与他亦是萍水相逢，事已至此，还是不要管了。”

“那怎么行？我要管的！我还找他有事呢！”

于秋咬着牙，细细捕捉残存下来的气息。她凝神，仔细分析着那气息里边，他消失之前留下的信息。

接着回头，正好撞进男子的眼眸。

猝不及防被这么一望，男子不觉微怔，只是，没想到，刚刚怔住，须臾之间就被人从胸口摸走了一样东西。继而手上一松，是她放手了。

她的动作很快，快得让人无法分辨，不过身形微动间，于秋已是出了门口。

她留下的，只有一句话：“不好意思，但我感觉到他好像在找这个，我帮他拿走啦！后会有期！”

话音未落，人已远去。

男子望向窗外，只见夜色茫茫。

良久，他轻笑一声。

“亲近的人，路遇的人，真是谁都选他啊。”

他的面上没有表情，声音里却透出一股苍凉的味道，经久不散。

7.

后来回到魔教，莫林见到自己最好的兄弟，说出了这段故事，其间许多东西都是一语带过，所以迟玖一直到最后，都不晓得他们到底经历了些什么，只知道，那位姑娘，似乎是救了他的性命。救命是不假，却远不止一次。

事实上，于秋从前到后，不过几天的时间，就救了他三回。

每一回都是从生死线上将人拉扯回来的，却也每一回都被他疑心别有所图。事后想想，莫林都觉得自己对不住她，可她却毫不在乎，依然掏心掏肺似的对他好。

虽说“对他好”这一点，莫林并没有亲眼看见，可他每每醒来，都感觉身上清爽，伤口也明显被照顾得极佳。这一点，应该是可以佐证他的推想了。

便如现在。

“真不容易，你终于醒了。”

莫林刚一睁眼，就看见了于秋。

“你要是再不醒，我就要被你榨干了！”于秋说着，又小声嘟囔了两句自语的话，“几天而已伤这么多次，我耗费的灵力真是补都不补过来，果然是不要你花钱就不心疼哼……”

他一顿，用手撑着身子就想坐起来。

“行行行，你还是躺着吧，别坐了，好好养一养行吗？”

莫林还没有起来就被重按回去，接着，他看见于秋从怀里掏出一份图纸递给他，动作自然干脆，就像是在递着什么随意的东西。

“喏，似乎是你在找的。”

莫林接过，展开，瞳孔微缩——

这是魔教丢失的那份地图，如果没有记错，应该是杨鸣盗走的那份。

可当日他迷迷糊糊之中被武林盟的人劫走，许多的事情虽然没有印象，却也知道，要拿到它并不容易。

“你是哪里得来的？”

“你猜呀！”于秋笑嘻嘻说。

莫林道：“你……你可还好？”

“好着呢！”

于秋伸个懒腰：“现在呢，你的事情想来是做完了，接下来，就该带我去找人了吧？”

莫林沉思许久，没有回应、没有疑问，也没有拒绝。

“喂，你怎么了？怎么不说话？”

半晌，他才再度开口：“我有许多的问题，但现在，我只问一句。”他的神态异常认真。

于秋茫然：“嗯，你说。”

“你这样对我，究竟有什么目的？”

他不问她的来历，不问她为何会知道这么多，也不问她是怎么办到的。他只问，她这么做，目的是什么。

在某种程度上来说，这是一种松懈。

对于秋的态度的一种松懈。

“目的？”于秋想了想，“我就是想让你带我找人，毕竟这枚章子，我答应那个姐姐许久了，要交给他的，然而兜兜转转这么多圈，我一直都找不到人……再这样下去，我怕真的要食言了。”

莫林盯着她，目光灼灼：“仅仅如此？”

“是啊。”于秋答得理所应当，“怎么了？”

莫林低头，也不知是在想什么，半晌，轻轻摇了摇头。

“七日之后，我回去一趟，筹做一些事情，你在这儿等我。到时候，我来接你。”

于秋眨眨眼：“好呀！”

也许是她的笑容太有感染力，莫林见状，不由得跟着她轻笑出来，笑完之后，又加了一句：“但为防突发状况，若我没有来，你可在三月自行前往，只要朝着西南方走，越过青绿山头，顺着溪流往下，进入你所见到的第一个小山洞便是。”

莫林毫不怀疑，即便自己不说地方，她也能找到入口。

毕竟她是这样深藏不露的人，毕竟她有着他都无法估摸到的本事。

“嗯嗯！我记住了！”

于秋笑弯了眼睛，却没有完全眯住，月牙儿似的眼睛里还带着细碎的光。

莫林见状，鬼使神差便加了一句：“若你真是三月来，那么，便正逢花季，那儿很美。”

却不料于秋歪了歪头：“那个花能结果吗？”

莫林一愣：“能。”

“甜吗？”

“……甜。”

“那你别来接我了，怪麻烦的，我热起来再去找你，我想吃果子！”于秋这么说着，仿佛闻到了那果子的甜香一样，笑得更深了些。

莫林笑着摇头。

真是一句煞风景的话，枉他难得一句柔情。

他有些无奈，最后也只能笑笑回她：“好，那我每日备着一筐等你。”

这句话之后的不久，他们就分开了。

只是，虽说那个不久也就几天而已，但那几天，过得真是快啊。

当时的于秋并不晓得自己是什么心情，除了满足开心，也只觉得满足开心，开心到，明明经历过无数次分别，也从来不在乎这些东西，却竟然在与他分开的时候，感觉到了不舍。也生出类似于“如果能一直这么下去该多好”的想法。

可他到底是要回去的。

“喂，我改变主意了，你到时候来接我吧！”在他临走之前，于秋拉着他的袖子这么说，“如果没有意外的话。”

莫林微愣：“好。”

“嗯，早去早回啊！”

“好。”

他说完之后，转身，没走几步又转回来，犹豫了一会儿：“对了，我叫莫林，之前……”

“哈，之前的果然是化名呀。”于秋笑笑，“其实我猜到了！不过呢，我真叫于秋。”

莫林笑笑：“嗯，我知道的。”

她的前两句话，他都回答好。

所以，于秋没有想到，他们最后的结局，会那样不好。

也很遗憾，她没有听到莫林在远去时候，无声说出的那句话——

不是每日备着一筐等你，而是在我们说好的这一刻，我已经在等你了。

8.

可惜，就像说书人的话本里，每逢分别，两人约定下次见面的场景一般，都会说一些比如什么“等到花开漫野，我便回来娶你”或者“待得此战告捷，我与你解甲归田”之类的话……这些期望往往都是达不到的。并且，越是美好、越是让人期待，越达不到。

也许这样的话根本就不能说，它们像一个预兆，告示着两人无妄的结局。

在哪个分别的路口，两人各自朝着不同的方向离开，以为不久就能够再次相会，却不晓得，他们再也等不到天热起来的再见。因为，莫林的生命只停在了这个冬末。

魔教内乱，他被埋伏，与老教主一同死于教中。

可也就在莫林死去的同时，一玄衣男子出现在他身侧。男子眸色阴沉，握着刀子的手毫不留情，几个起落，便将他的皮完整剥下。

这个人像是对莫林很熟悉，不论是语态动作，还是言语思维，都模仿得极其相似。相似到，即便是教中与他最为亲近的迟玖都毫无怀疑。

而这一切，于秋并不知情。

一个月后，于秋算着时间往那儿去，咧着嘴笑了一路。

这个时候，正巧是莫林说的花季。

她好像忽然又想看花了，反正待久一点儿，看花与吃果子并不冲突吧？她几乎可以想象到那些果子的味道，她想，莫林这个人吧，说话应该是算数的，说摘一筐子果子等她，就一定会摘一筐子。

即便这个季节没有……

对啊，这个季节没有啊，他得怎么办呢？于秋想了想，还是继续回到那个“假如”里。假如，他真拿着果子在等她。

哈……也不晓得，那是多大的筐子，装了多少果子，要多久才吃得完。

她嘻嘻哈哈自个儿乐了一路，可她到底没见到那些果子。

不止没见到果子，甚至是那些花，都没能入她的眼睛。寻着他的气息，于秋站在树下，枝头有娇嫩花瓣落下来，正落在她的脚边，香气诱人。

她却一眼都没有看。

当她到那儿的时候，只看见满目疮痍，而他的气息也变得很淡很淡。

淡得叫人害怕。

这么淡的气息，不该的。

于秋心下一慌，急忙冲了进去，向着那气息来源处——

终于，她在一处山洞里找到了他。

这张脸是莫林，这蜷在那儿忍痛的动作是莫林，怎么看，这都是莫林，但就是有哪里不对。于秋先是一愣，又在听见他痛呼声的时候被打乱了心神，散了五感，急急跑去。

多可惜，她被打乱了心神。

若非如此，那她一定能发现那副皮囊下包裹着的另一个气息。

眼前的人，不是他。

可她没有。

“你怎么样？你怎么……怎么伤得这样重……”于秋按住他的心口，一个劲儿往里边灌输灵力。

“我……”

男子声音沙哑，半天吐不出一个字，眼见就要咽气似的。

不得不说，他对自己从来都狠。常人要割自己一刀都得犹豫半晌，可他一把匕首就这样直直捅进心口，气都不带喘的。也没有去想，万一她不救他、万一她识破了、万一她救不回他，这又该怎么办。

不过，也许对于男子而言，这条命本来就很轻贱吧？

从小到大，没有人在乎他，他也并不在乎自己。是以，旁人拿力气拼，他却从来都是以命来拼，也正因如此，他终于站到了这个位置。

在武林盟里，他是深入魔教、一丝不苟的长清长老。

而在魔教，他是极受教主重视的副少主，甚至得到教主赐名的莫辞。

按理说来，该满足了，可不行啊。从小缺到大的东西，哪有那么容易就能被填满呢？更何况，不管是武林盟，还是魔教，表面上对他敬之重之，事实上呢？恐怕依然只将他当一颗棋子，一条狗。

他要死了，旁人只会唏嘘几句，没人真正在乎的。

心口处的血止不住地流，他下手似乎真的重了。

吐出一口气，他望向她的脸。

于秋的面上是不带一丝伪意的关心，是真真切切、满满当当的感情。

可惜，是偷来的。

他低头，想笑。

但那又怎么样？偷来的，也是他的。

9.

于秋有个朋友，叫花兮。

她们许久不见，再见面时，于秋的灵脉涣散，灵元也被强行移给了另一个人。

花兮一直想知道，到底是谁，值得她做这样的动作，用自己的命，去换那人的命。因为，在她看来，不管是哪个人，都是不值得的。

将一个神仙的生死绑在一个凡人身上，的确，不管是谁看来都是不值得的。

甚至于，于秋自己也觉得不值。

可她觉得不值，是在自己做完这个动作之后。

是在她看清楚，眼前的“莫林”究竟是谁之后。

但很多时候，后悔是没有用的。

因为无法改变，因为不能回头。

在那之后的许久，于秋一直处于浑浑噩噩之中，她不晓得，原来失去灵元，会这样难受。

难受久了，也便更不晓得，自己到底是因为失去灵元而难受，还是因为看清楚了眼前事情。

那段时间，她仿佛失去了所有，只能麻木地听着身边的人说话。身边的人，他的气息叫人觉得非常熟悉。却不全是因为莫林，更多的，是因为他已经与她命脉相系。

那是她自己的气息。

她知道，那个人与旁的人说了许多并不真实的东西。她也知道，因为这个人的这些话，原先与莫林相熟的人开始恨她，恨到不愿意与她透露半分她来临之前发生的事情，恨到甚至为此发下毒誓，但凡与她开口讲了哪怕一句话，都不得好死。她还知道，莫辞借着那皮囊，名正言顺地将莫林的死期推后了很久，他的演技真好，一会儿这个，一会儿那个，都不露馅的。

是啊，她什么都知道，却什么都不想说了。

说话累，不说话，也累，什么都累，却又偏生死不了。

活了这么多年，于秋第一次发现，时间这个东西，真是能折腾人。

虽然在与那个人绑定寿灵之后，她的生命也只剩下匆匆数十年，这个曾经让她毫不在意的数字。但现在，她就算这样也嫌长。她真的好不想活了。

然而，天不遂人愿，从来不遂。

于秋从心死，到身死，经历了在她看来很漫长的一段时光。

唯一的一点安慰，只是在临死之前，她再次遇见了花兮。还有，在临死之前，她将那章子的仿制品，交还给了莫林唯一告诉过的迟玖。她想，他应当会替她还给它的主人，即便它的主人，已经变成了一座坟墓。

前者是上天给予她的安慰，后者是她在安慰自己。不是不知道，这件事，她其实还是没有办到的。

她也自责，可她真的没办法了。

她以前以为自己什么都做得好，现在才发现，自己什么都不会做。

闭上眼睛，于秋昏沉许久，再次睁眼，已是身在熊熊大火之中。

中间的时间，终于过得快了些，她终于可以死了。

于秋眨了眨眼睛，微笑着合了起来。

朦胧中，她仿佛看见了曾经错过的那场花季，好像闻到了果香，甚至，她甚至还看见了一个人……

那个人，他的脚边放着一个筐子，筐里满满的，全都是熟透了的果子。

“喂，我来迟了，对不起啊。”

她笑着朝他走过去。

而莫林浅浅地笑：“不碍事，来了就好。”

火光映在她苍白的脸上，而她终于勾出许久不见的一个笑，轻轻呢喃。

“是啊，来了就好。”

番外二

FANWAIER

若是孩子像你，真是要烦死了。

1.

近日来，花兮觉得很是心累。

缘由有二。

一是燕绥之，二是邻家子。

也不知道是不是被隔壁和和美美那家人给刺激的，这几天，燕绥之总是缠着她，时不时就把话题引到孩子上边去。

第一次的时候，花兮还有些蒙。

虽然她对那软软的团子也有兴趣，可是，可是……

可她又不是人，这跨物种的孩子，真能生得出来吗？

于是百般推辞。

第二次，亦然。

第三次，第四次，第五次……

“小燕燕，你老实说，是不是没有孩子，你就连我都不想要了？”

燕绥之一顿，摇头：“我只是在想，若是能够留下一个孩子……”

若是，能留下一个像你的孩子，处处都有你的影子，那该多好。这样，即便日后真要分开，那也……

可是，刚想到这儿，他又打断了自己。罢了，这个世界上，谁又能代替她呢？花兮就是花兮，独一无二的花兮。

“若你不想要，那就不要。我要你就够了。”

“哼。”

花兮撇了撇嘴，转过身去。

这个人啊，真是越来越口不对心了。

她想着，皱了眉头。

似乎，也越来越难以捉摸。

是啊，难以捉摸。

且不说自隐居至今，燕绥之变了多少，就说这态度思路，也经常跑得让人跟不上。花兮觉得不能理解，也有过几次试探，却是一个字都没能从他嘴里探出来。

反而是自己，大抵是太没有防备的缘故，花兮自己差点儿翻了车，只差那么一点点，就要将自己的真实身份说出来。如若真的说出来，恐怕，会被他当成疯子吧？

在那之后，花兮更加谨慎了。

2.

但两人朝夕相对，又是这样亲近的关系，再怎么掩饰，早晚也是要露馅的。

而花兮与燕绥之的那个“早晚”，就发生在今天。

燕绥之是山间灵力凝成的精魅，每逢月圆，都要被引起磁场与灵力的波动。虽然他每次都小心得很，要么是避开她，自己出门，要么是寻着琐事，将她支开，可纸是包不住火的，掩饰得再完美，这一日，他也还是暴露了。

却说，这都是他灵力太强的缘故。

灵力强大而外泄的精魅，往往会引起其他灵体的注意。

它们会趁机吸食，甚至有的还会趁主体不备的时候，进攻一番。毕竟自己修炼得再久，这样的程度也不容易达到，在这样的情况下，眼睛一红，总有几个不怕死的。

这一夜出现的魅魔便很不怕死。

首先，她化成了花兮的形态；然后，她跑去勾引燕绥之。但她的时机没有挑好，气息也没全藏得住。

因此，她先是引回了被支开的花兮，后来又被灵力暴起的燕绥之一下震开。原本吧，哪一方动手都好说，可偏偏两人对于对方都是互不知情，生怕这个魅魔趁机去挟持一个“弱的”，做出不利的动作。

于是这两轮下来，小魅魔差点儿便丢了性命、散了灵体。

不过还好，两个人同时动作之后，又都同时停了下来。

小魅魔虽然虚弱，却也趁机逃了出去，捡回一条命。

只剩下原地的两个人一脸懵逼。

3.

风过半晌，明月高悬。

“你是……魔？”

“你是精魅？”

两个人同时开口，又同时闭嘴。

接着脑子同时一片混沌。

许久之后，还是燕绥之先清了清嗓子。

“今日你累了，先进屋睡觉吧。”

说完，牵着一脸恍惚的花兮就这么进了房间，熄灯上榻。

花兮的脑子很乱，什么都想不到，于是也只由着他牵、由着他带，由着他动作……

“等等，你干吗？”

在她的上方，燕绥之一脸委屈：“分明是这样亲近的关系，你居然瞒了我这么久，现在还不让我碰了吗……”

分明就是互相的，却被他念成这个语境。

花兮一噎，一时语塞。

好在她已经摸清楚了他的套路，也终于不再被他这副可怜巴巴的外表欺骗。真是……最开始信他都算她傻，这个人啊，肚皮里很黑很黑的。

于是，她毫不留情地推开他：“那你说说，你是怎么回事？！”

燕绥之抿唇，花兮得意扬扬，刚刚以为问倒了他，却不妨他忽然将脸埋进了她的脖颈间。

“一直以来，我都很怕。”

花兮的笑就这样僵在脸上。

“我很想告诉你，却也很怕吓到你，不过比起这些，不知道什么时候就会失去你的恐惧，占的比例还是最大。”

不知道什么时候就会失去。

因为人类的生命太短，而不论是魔是魅，都能活过很长的岁月。

这样的担忧，花兮也有过。

这时候，即便知道他是在转移话题，花兮也没办法轻松转回来了。

她只能伸手环住他的腰身。

“我也是。”

我也是。

大概就是这一句话，点燃了空气里的什么东西。

燕绥之轻笑：“还好，还好那些担忧，都不作数的。”

他微微起身，与她对视。

也许吧，这个人无赖又戏多，脸皮很厚，还爱装无辜，可这就是她爱的人。更何况，比起这些东西，他的身上也还有许多让她移不开眼的亮点啊。

“对啊，还好。”

燕绥之勾了唇角，俯身压了下来。

窗外满树桃红，院里是关不住的春色。

而屋内，他们不晓得什么时候放下了床帘，满满都是缱绻。

这样的缱绻气息，一直到破晓才散去。

那时候，花兮已经累得窝在他的怀里睡得迷迷糊糊了。但燕绥之却是一直抱着她，一直看着她，看不够似的，满眼满心都是欢喜的味道。

却没想到，就在这个时候，花兮于睡梦中呢喃了几句话。

燕绥之一顿，细心去听，在心底重复好几遍才将她大概的意思拼凑出来。

刚一拼出，便叫他笑出声来。

睡梦之中，花兮说的那句话是——

“若是孩子像你，真是要烦死了。”

小 花 阅 读

【曾许诺】系列

FLORET

READING

《繁花如故 百岁无忧》

/ 木当当

标签：不死神婆 | 天然呆科学青年 | 沉睡千年的魔王 | 报恩与报仇

有爱内容简读：

叶袭桑毫不避讳地看着他的眼睛，逼问：“如果，他出事了怎么办？”

“那我就赔一个给你。”林修看见了她瞳孔里的自己，一个字一个字地说，“把我赔给你。”

叶袭桑觉得有东西在胸口渐渐回暖，她有点想笑，说：“你不比他善良。”

“是。”

“你不比他聪明。”

“是。”

“你也不比他好玩。”

“是。”

“那你什么比得上他呢？”叶袭桑说着说着，变成了喃喃自语，“你什么都不如他。”

林修替她清理着剩下的人为的伤口，垂着眼睛不说话。叶袭桑就这样静静地看着他，看了很久，才继续说：“你什么都不如他，林修。”

“我知道。”

“可我喜欢你。”叶袭桑说，“林修，我有点喜欢你了。”

《灼灼为南枝》

/ 我是十三月

标签：青鸾 & 钟山之神 | 远古上神入凡世 | 失去与厮守

有爱内容简读：

这天夜里，风吹得山上的青绿掉落不少，迷糊间我听到有人的脚步声往我房间的窗户边去，然后是“吱呀”一声，再没有风灌了进来。烛火早燃尽了，我微微翻了个身，耳边响起声音：

“这以后万万年的时间，你就待在我身边好不好？”

屏息无声。

他坐了许长的时间，起身的时候我又翻了个身面朝着他。

漆黑的屋子，只能大概地看出个人形来，他立身在门边，担心我有何不舒适的地方，走了过来。

那双乌黑深邃的眸子看我，我攀手搭在他的胳膊上。

干涸沙哑的一声答他：“好。”

《归鹿》

/ 糯米糍

标签：救鹅之恩 | 落难包收留 | 一颗被撩拨的魔王心 | 妖界之人很长情

有爱内容简读：

陆饮溪微愣，他温柔的眼眸一寸寸凉下来，下一瞬，他忽然俯身将孟知欢抱起，淡淡道：“明明是个小姑娘，装得这么老成做什么？”

孟知欢猝不及防，急急揽住他的脖颈，话语像是威胁却软绵绵的有气无力：“你放我下来！谁允许你抱本……抱我了？”

“地上凉。”他说。

这是什么道理？这时候知道装好人了？孟知欢有些气，脚晃个不停：“你早干吗去了？先前是你将我放在地上睡的，现在又让我去睡床？我就这么好摆弄不成？”她忽然停住了话头，觉得自己像个小姑娘一样埋怨他的样子委实丢人得紧。

她倘若恢复了术法，要做的第一件事一定是消除了这个凡人的记忆。自己这副失了术法的模样实在过于憋屈，居然和一介凡人牵扯不清。

《旧宴与星咸》

/ 软虾虾

标签：咸鱼天师 | 妖界头头 | 我的套路你的心 | 坑蒙拐骗式引诱

有爱内容简读：

“没关系，这都是小伤。”旧宴轻轻一用力，便把闹腾着想翻身而上的星咸制服在了怀里，他眸光深深，是止不住的笑意，“我既然敢来，那便有十足的把握能把你带走。”

“都什么时候了你还在这里扮酷……”

“第一眼，是第一眼。”

旧宴看着她，将一吻轻轻落在了她耳郭旁的发丝间，那是方才她的眼泪悄无声息地流过的地方：“星咸，这世间有时很不讲道理，不成功便成仁，好像你不是仙了，也不是人了，那便只能走到那一步。但其实，不是的。于我来说，你是什么，都没有关系。一只修了数百年仙法的妖，这听来的确奇怪，但奇怪就奇怪吧，我也要爱你，也要来这里把你带走。”

“因为我和你，旧宴与星咸，生来便最为登对。”

《雾满西楼》

/ 银丝卷

标签：魔君今天也不想上工 | 跪求山精的正确养成姿势 | 是魔，不是魔教 | 江湖有妖怪

有爱内容简读：

——你会一直在吗？

——会，我会一直在。

花兮忽然开口，打破了之前的沉默：“小燕燕啊，这些东西，你真的不好奇吗？”

燕绥之摇头，只是看着她。

花兮歪歪脖子：“真的？”

一旁的毛驴抽了抽鼻子，燕绥之撸了一把它脖子上的毛，再转回来。

“那些东西，事不关你。”而只要是不关于你的事情，我都不很在乎。

花兮挑了挑眉头：“你这句话，和昨天的许多话一样，我都很爱听。”

燕绥之低头凑近她：“那我以后日日说给你听，说一辈子，好不好？”

图书在版编目（CIP）数据

雾满西楼 / 银丝卷著. — 南昌 : 百花洲文艺出版社, 2017.8

ISBN 978-7-5500-2387-1

Ⅰ. ①雾… Ⅱ. ①银… Ⅲ. ①长篇小说－中国－当代 Ⅳ. ①I247.5

中国版本图书馆CIP数据核字(2017)第224098号

出版者 百花洲文艺出版社
社　址 江西省南昌市红谷滩世贸路898号博能中心A座20楼 邮编：330038
电　话 0791-86895108（发行热线） 0791-86894790（编辑热线）
网　址 http://www.bhzwy.com
E-mail bhzwy0791@163.com

书　名 雾满西楼
作　者 银丝卷
出版人 姚雪雪
责任编辑 李梦琦　李　瑶
特约编辑 层　楼　菜秧子
封面设计 刘　艳
内页设计 米　籽
经　销 全国新华书店
印　刷 长沙鸿发印务实业有限公司
开　本 880mm×1230mm　1/32
印　张 9.125
字　数 184千字
版　次 2017年11月第1版
印　次 2017年11月第1次印刷
书　号 ISBN 978-7-5500-2387-1
定　价 29.80元

赣版权登字：05-2017-380